鯨 統一郎

大阪城殺人紀行

歴女学者探偵の事件簿

実業之日本社

実業之日本社文庫

目次

人は一代、名は末代

加藤清正

姫路城殺人紀行

1

深夜――。

昼の熱気は夜になってもじんわりと残っている。

吉田郁美《よしだいくみ》は額の汗を手の甲で拭《ぬぐ》いながら井戸を覗《のぞ》きこんだ。

空には雲がないのか三日月が出ているが、細い月では光も乏しく、井戸の中は暗くてよく見えない。だが、井戸の底から何か恐ろしいものが見つめ返しているような気配を感じる。

郁美は二十八歳。兵庫県姫路市《ひめじ》姫路城の近くにある私立白鷺《しらさぎ》高校の日本史教師である。スラリとした痩《や》せ形で、少々、痩せすぎではあるが、独身で美人と評判の郁美は人気の女教師だった。だが今は険《けわ》しい顔をしている。

郁美は手にした懐中電灯で井戸の底を照らした。人の顔が光に照らされた。

「竹田《たけだ》さん……」

郁美は呟《つぶや》いた。

井戸の底に坐《すわ》るようにして倒れているのは竹田ゆいだった。お気に入りのベージユのタンクトップを身につけている。白鷺高校の二年生。郁美の教え子だ。

郁美はポケットからスマホを取りだした。

＊

〈アルキ女《メ》デス〉の三人が新宿歌舞伎町《かぶきちょう》の居酒屋で会合を開いていた。

「涼《すず》しくて気持ちいい～」

静香《しずか》がおしぼりで首筋を拭《ふ》きながら言う。

「オヤジか！」

ひとみが反射的に言う。

「しょうがないでしょ。外は猛暑だったのよ。店に入ったら冷房が効いててチョー涼しいんだもの」

「時間が経《た》ったらかえって寒くなるわよ」

「大丈夫。そういうときのために上着を用意してるから」

「あたしもよ」

二人はいつものように言いあっていた。

「でもね～」

ひとみはどこか不満そうだ。

「今度は六本木《ろっぽんぎ》で飲みましょうよ。わたしたち、見目麗《うるわ》しい歴女三人娘なのよ」

「歌舞伎町はあたしのホームグラウンドなの」

静香は受けつけない。

「歌舞伎町の女王なのよ、あたし」

ひとみはどこからツッコんだらいいのだろうと逡巡《しゅんじゅん》しているうちに「だからそんな派手な服を着てるんだ」という言葉を自然に発していた。

「あたしは似合ってるからいいの。それよりひとみ。そのシャツ、生地が薄くてブラジャーが透けて見えるわよ」

「やめてよ」

だがひとみも肝《きも》が据《す》わっているのか胸の部分を手で隠すわけでもなく、さして気にするふうもなくビールを呑《の》んでいる。

翁《おきな》ひとみは静香のライバルの歴史学者だ。私立川原《かわはら》学園文学部の講師である。二人とも、日本最大の美人コンテストに出場したこともある折り紙つきの美人だった。

ひとみは静香よりもやや背は低いが、目は静香よりもパッチリとしている。それが自慢でもあった。今日は白いシャツにミニスカートという出《い》で立《た》ちだ。

「まあいいわ。それより今日は大事な話しあいがあるから」

「何よそれ」

ひとみがビールを飲み乾《ほ》して訊《き》く。

「次の候補地をどこにしようかって会議を開催します！」

早乙女《さおとめ》静香が唐突に、だが高らかに宣言した。

〈アルキ女デス〉とは、歴女学者およびその助手の三人で結成したウォーキングの会だ。

ただのウォーキングではない。歴史学者らしく史跡を訪ねるウォーキングなのだ。過去に三回、吉野ケ里《よしのがり》遺跡、纏向《まきむく》遺跡、三内丸山《さんないまるやま》遺跡を訪ねている。

もっとも、訪ねた先でその土地のおいしいものを食べ、地酒を呑み、温泉にゆっくり浸《つ》かるのが最大の目的であったりする。

「今日の集まりはそういう集まりだったの？」

翁ひとみが訊く。

「当たり前でしょ」

静香がピシャリと言った。

静香は星城《せいじょう》大学文学部に所属する歴史学者だった。東洋史、西洋史を統合させた〝世界史〟というジャンルを立ちあげ、天才美人歴史学者とマスコミから持ちあげられることもある。プロポーションは抜群。その肉体美と脚線美を強調するように、バブル時代からタイムスリップしてきたような超ミニのボディコンスーツを着ていることが多い。今日もいつものように軀《からだ》にピッタリとフィットしたノースリーブの萌葱《もえぎ》色のボディコンスーツを着ている。髪は長く、その光沢も美しい。

「なんだか気が進まないわね。旅行に出ると、いっつも殺人事件に巻きこまれちゃうし」

それは事実だった。過去三回のウォーキング旅行では三回とも殺人事件に巻きこまれている。

「あんたのせいでしょ」

静香がジロリとひとみを睨《にら》む。

「どうしてわたしのせいなのよ」

「あんたが死体を発見したことがあったでしょ」

「あら。静香だってあったわよ」

次元の低い争いになってきた。

「姫路城に一度、行きたいと思っていたんです」

軌道修正しようとしたのか、桜川東子《さくらがわはるこ》が口を開いた。

「姫路城?」

桜川東子は頷《うなず》いた。

東子は聖シルビア女学院の大学院生である。もともと西洋のメルヘンを研究していたのだが、ひょんなことから静香と知りあい、意気投合し、それ以来、静香の個人的な弟子として行動をともにすることが多くなった。ただ、東子は自分からは滅多に発言しない控えめな女性だ。そういう女性の発言だけに気にかかる。

「どうして姫路城に行きたいの?」

「千姫《せんひめ》に興味があるんです」

千姫は徳川《とくがわ》二代将軍、秀忠《ひでただ》の長女だ。母親は秀忠の正妻、江《ごう》である。慶長《けいちょう》二年(一五九七年)四月十一日、山城国伏見《やましろのくにふしみ》城内の徳川屋敷で生まれた。

慶長八年(一六〇三年)、七歳の時に豊臣秀吉《とよとみひでよし》の遺児、秀頼《ひでより》と結婚。乳母とともに大坂城に入る。

慶長二十年(一六一五年)の大坂夏の陣では、徳川家康に敗れた夫、秀頼とその母親、淀君《よどぎみ》が自害。だが秀頼の妻である千姫は、祖父である徳川家康の命により、落城する大坂城から助けだされた。

翌年に桑名《くわな》藩主、本多忠政《ほんだただまさ》の嫡男、本多忠刻《ただとき》と結婚。本多家が播磨《はりま》姫路に移封になった元和《げんな》三年（一六一七年）に姫路城に移っている。

「決定ね」

「もう決定したの⁉」

ひとみは驚いた。

「うん」

静香のアッケラカンとした受け答えもいつもの事なので、その驚きもすぐに引っこんだ。

「いまなぜ姫路なのよ」

一応、訊いてみる。

「週刊誌の見出しみたいな訊き方やめてよ」

少し反省。

「いいから教えてよ」

「いいこと？　あたしたち、姫路城に縁があるのよ」

「どうして？」

「鈍いわね。あたしたちも〝姫〟なのよ」

「あ」

思わず声を出す。静香の言葉に納得したわけでは全然ないけれど。

「あたしたちは三人の姫。千姫ならぬ三姫よ」

自分の言葉がどのような反響を巻き起こすか静香は注意深く探っているようだが、誰も特に反応を示さない。

「三姫……千姫……姫路城。ね？　縁があるでしょ？」

反応を諦《あきら》めたのか静香が自分で話を進める。

静香のアホな言葉にも従順に盲信している東子が肯《うべな》った。

「その通りですね」

「東子は話が判《わか》るわ」

静香は深く頷く。

「あたしたちこの際、千姫伝説に思いを馳《は》せるのも悪くないかもしれないのよね」

「千姫伝説？」

「ねえひとみ。あなたもしかして歴史学者の分際で千姫伝説を知らないなんて言うんじゃないでしょうね」

〝分際で〟という言葉の使い方を間違えていることを指摘しようかどうしようか考えているうちに、歴史学者だからといって伝説の類まで知っている必要はないのだということも指摘した方がいいかな？　と新たな迷いが生じた。

「千姫は淫乱だったのよ」

ひとみはビールを噴《ふ》きだした。

「やめてよ、行儀が悪いわね」

「静香が問題発言をするからでしょ」

「どこが問題発言なのよ」

「千姫が淫乱だって話」

「ホントに知らないの？」

「初めて聞いたわ」

精一杯、穏やかに静香の発言の問題点を指摘したつもりだ。

「あなた本当にものを知らないのね」

だが静香に皮肉は通用しない。

「ものを知らないのはどちらかしら。千姫はとてもいい人よ」

「淫乱だから悪い人ってわけじゃないでしょ。淫乱は法律に違反してるわけでもないし人に迷惑をかけるわけでもないんだから」

「そりゃそうだけど……。でも、とにかく性格的に千姫は淫乱じゃないことは確かよ」

「あら、あなた千姫とお知りあいだったとは知らなかったわ。あたしより年上だとは思ってたけど」

静香の罵詈《ばり》雑言を真に受けていると身が持たないので聞き流すことにする。

「いいこと静香。千姫が優しい人だって事を教えてあげる。奈阿《なあ》姫のことを知ってる?」

「知ってるわ」

「歴史学者なら知ってて当然よね」

静香は頷く。

「大坂夏の陣で徳川家康が豊臣秀頼に勝利して、その後、秀頼と側室の間にできた娘である奈阿姫が処刑されそうになったとき、千姫は奈阿姫を自分の養女にしてその命を助けたのよ」

「そっちか」

「いったいどっちの話を想定していたのよ」

ひとみはビールを呷《あお》る。

「まあいいわ。千姫はそれぐらい〝いい人〟すなわち〝まじめな人〟だってこと。自分の実の娘じゃなくて側室の娘よ？　それを助けたの。男だけに興味を持つ淫乱じゃ、とてもできない事よ」

「たしかになかなかできる事ではありませんね」

東子が口を挟《はさ》む。

「でしょ？」

味方を得たとばかりにひとみは勢いこんで確認する。

「少なくとも静香じゃ無理ね」

静香がムッとしたように目を細めた。

「そんな千姫に淫乱伝説があるなんて興味が沸きます。優しくていい人だけど異性には人並み以上の興味があったのかもしれませんし」

「だからよ」

静香が勢いを取り戻した。

「ゆっくり千姫に思いを馳せてみましょうよ」

東子が頷いている。

「おいしいものを食べて、温泉に浸かって……」

　すでに静香の心は姫路城に飛んでいた。

＊

　竹田ゆいの遺体を見るなり竹田博史《ひろし》は顔を歪《ゆが》めて涙を流した。

「お父さん。ご遺体は、お嬢さん――竹田ゆいさんで間違いないですか？」

　博史は答えずに目を瞑《つむ》り、涙を流している。刑事二人は困った様子で互いに顔を見合わせた。

「苦労をかけ続けていました」

　嗚咽《おえつ》を漏《も》らしながらも博史はなんとか言葉を発した。

　竹田博史は四十五歳。背が高く、細身の軀に顔も細く、全体的に鋭い容貌だといえるだろう。だが今はその面影もない。職業はフリーのデイトレーダー。つまり自宅でネットを使い株の売買をして利益を生み出す商売である。

「私はサラリーマンだった頃から家庭をあまり顧みない父親だったんです」

　博史は問わず語りに話しだした。

「そんな私に嫌気《いやけ》がさしたのでしょう。妻は家を出ました。行方は判りません。おそらく男と一緒だったと思います」

「お嬢さんは……？」

「私と一緒に家に残りました。ゆいは、母親に捨てられたんです」

「でもあなたと二人で平安を取り戻しつつあった」

「いいえ」

博史は首を横に振る。

「私の商売はうまくいっていませんでした。借金の山ですよ。ゆいには、ずっと苦労をかけ続けなんです。その挙げ句……」

博史はまた嗚咽を漏らす。

「東京に引っ越して一からやり直そうとしていた矢先でした」

「そうでしたか」

「この子は、ゆいです。私の娘です」

博史は泣き崩れた。

＊

夜中……。

吉田郁美は姫路西署の取調室にいた。

「吉田さん。夜中にすみません。しかし事態が事態です。ご協力ねがいます」

姫路西署の刑事、本宮康史《もとみややすし》が訊く。本宮は五十歳。小柄で、眼鏡《めがね》をかけ、頭は禿《は》げあがり、どこかおかしみを誘うような風貌だ。

顔面蒼白《そうはく》の郁美は無言で頷く。

すでに遺体が竹田ゆいのものであることは、第一発見者の吉田郁美と、急遽《きゅうきょ》、呼びだされたゆいの父親によって確認されている。郁美の首に絞殺の特徴である索状痕《さくじょうこん》らしき線があることも刑事から郁美、父親には告げられている。

「竹田さんは殺されたんですか?」

「まだハッキリとしたことは言えませんが、その線が濃厚です」

郁美の軀が小さく震えた。

「どうして……」

「それを知るためにも協力してください」

郁美は頷く。

「早速ですが、竹田ゆいさんが亡くなったことについて何か心当たりは?」

「ありません」

郁美は消え入りそうな声で答える。

「たとえば竹田さんがトラブルに巻きこまれていたようなことは？」

「ありません」

「断言できますか？」

郁美は言葉に詰まった。

「プライベートな部分も把握していたんですか？」

「そこまでは……。ただ、わたしはテニス部の顧問をしていて、ゆいさんもテニス部でした」

「ほう」

本宮の眉《まゆ》が一瞬、つりあがった。

「部活動を通して知りえた竹田さんは、真面目《まじめ》で、何にでも一生懸命に取り組む子でした。一生懸命になりすぎるくらいに。人に恨《うら》まれたりトラブルに巻きこまれるなんてことは想像できません」

「そうですか……。男女関係はどうでしょうか？」

「さあ。わたしには判りません」

「虐《いじ》めは？」

「それはありません」

「学校側は隠そうとする」

「本当にないんです」

「しかしあなたはテニス部の顧問であっても担任ではない」

「ええ」

「詳しいことは判らないのでは?」

「それは……そうかもしれません」

「ですよね」

　本宮が満足げに頷く。

「そこで、じっくりと思いだしてください。直接〝虐めに遭《あ》っていた〟という言葉で伝えなくても、そぶりや様子はどうでしょう?　竹田さんにそんなそぶりはありませんでしたか?」

　郁美は顎《あご》を心持ち上げて考える。

「気がつきませんでした」

「そうですか」

「竹田さんは明るい子です。ただ……」

「ただ？」

「思い詰めるたちの子でもありました。だから友だちの悩みを自分の悩みのように感じて真剣に悩んでしまうということはあったと思います」

「友だちの悩みとは具体的には？」

「それは……」

「事件に関係のないことでもいいんです。それによって他の生徒さんに迷惑をかけるようなことはしません」

郁美は頷いた。

「垣谷亜矢子《かきたにあやこ》というクラスメートの子の悩みを聞いてあげていたようです」

「どんな悩みですか？」

「恋の悩みだと思います。でも大人から見れば大したことではないと思いました」

「恋の悩みねえ」

「はい」

「垣谷さんの相手の男性は？」

「砂川賢一《すながわけんいち》という、やはりクラスメートです」

「結果、どうなりました？」

「二人はおつきあいを始めたようです」

「一件落着。問題はないと?」

「はい」

「クラス担任でもないあなたがどうしてそのことをご存じなんですか?」

「竹田さん、垣谷さんの担任は男性教師です。女の子が恋の悩みを話すには、女性のわたしの方が話しやすかったのではないでしょうか」

「それだけあなたも信頼されていた……。たとえ女性同士でも、運動部の顧問には話しにくいものだと思ってしまいますが……」

「テニス部の顧問といっても、厳しい部活じゃないんです。みんなで楽しくという方針で。厳しい練習もありませんし、第一、わたしはテニスは素人《しろうと》なんです。だから、和気藹々《あいあい》と」

「わかりました」

　部屋に背の高い男が入ってきた。

「兵庫県警の前園《まえぞの》です」

　前園潔《きよし》はのっぺりとした、無表情の男だった。話す言葉にも抑揚が感じられない。年齢は四十歳。前園は本宮の隣に坐った。

「あなたにお訊きしたいことがあります」

前園が細い目で郁美を見ながら言う。

「あなたはどうしてあんな時間に学校にいたのかという事です」

本宮が唾《つば》を飲みこんだ。この質問が今日の本丸らしかった。

「それは……」

「教えてください」

「写真を撮ってたんです」

「写真？」

「はい」

「何の写真ですか？」

「白鷺城です」

白鷺城……姫路城の別名だ。

「あなたはテニス部の顧問ですよね？」

「はい」

「写真部も兼任？」

「いいえ。でも写真はわたしの趣味なんです」

「趣味ねえ」

前園は納得しかねる様子で首を捻《ひね》っている。

「本当です」

「それはいいとして」

前園は細い目をさらに細めた。

「どうして姫路城の写真を夜中に？」

「月と一緒に撮りたかったんです」

「月……。それで、いい写真が撮れたんですか？」

「いいえ。写真を撮る前に竹田さんを見つけたので」

「どうして見つけたんですか？　竹田さんの遺体は井戸の中にありました。城や月を見ていたのでは見つからない場所ですよ」

「井戸に映る月を見てみようと思って。すでに涸れている井戸ですが、前の日に雨が降ったので水が溜まってると思ったんです。それで被写体になるんじゃないかなと思って」

「それで井戸を覗いた？」

「はい。思わず写真に撮ってしまいました」

「え！」

本宮が叫んだ。

「写真って……遺体のですか？」

「はい。ご覧になりますか？」

郁美はバッグからデジカメを取りだした。

「見せてください」

本宮が唾を飲みこむ。

「これです」

郁美がディスプレイに該当写真を映しだす。そこには井戸の底に坐るようにして目を閉じている、竹田ゆいの姿がハッキリと写っていた。

＊

八月十一日——。

〈アルキ女デス〉の三人は新幹線の乗客となっていた。

「結局、行くことになっちゃったわね」

ひとみが肘《ひじ》掛けに頬杖《ほおづえ》をつきながら言う。

三人がけの席で、静香が窓側、東子が真ん中、ひとみが通路側の席に坐っている。

「ひとみには感謝してるわ。現地でのガイドさんまで手配してくれるなんて」

静香が缶ビールを呷りながら言う。

「ガイドじゃなくて知りあいよ。高校の日本史の先生をしてるの。特に姫路城については熱心に研究してるのよ」

「それは頼もしいわね」

「ただ、昨日の夜から連絡が取れなくて」

「あなたの友だちってそんな人が多いの？」

「そんなにはいないわ。思うように連絡が取れないのは、あとは静香ぐらい」

静香がムッとした顔をする。

「あたしがケータイの電源を切ってるのは人から呼びだされたくないからよ。電話するときは自分のタイミングでするわ」

「吉田さんもそのタイプかもね」

「そのガイドさん、吉田っていうの」

「だからガイドじゃないって」

静香は缶ビールを呷った。

「ひとみ。千姫伝説の予習ぐらいしてきたんでしょうね。今回は新幹線のチケットや宿の手配を東子がしたから時間は充分にあったでしょ」

「そんな暇《ひま》なかったわ。本業が忙しかったんで」

「浮気調査とか？」

「わたし探偵じゃありませんけど」

ひとみは不思議な気がしていた。以前は静香とこんなにお喋《しゃべ》りをする仲になるとは思ってもみなかった。たしかに相手を攻撃するような言葉を吐いてはいるが、そしてムッとする時もあるけれど、話し終われば爽快感がある。もしかしたらボクシングのスパーリングをやり終えた時の感じかもしれないとひとみは思った。

「予習してないんなら教えてあげるわ」

意外と親切でもあるし。

「♪　吉田通れば二階から招く　しかも鹿《か》の子《こ》の振り袖《そで》で～」

とつぜん歌いだすのには驚くが。

「何よその歌」

「千姫は二度も夫と死別してるの」

「知ってるわよ。最初の夫は秀頼だけど、秀頼は大坂夏の陣に敗れて自害。その後、桑名藩主、本多忠政の嫡男、忠刻と結婚したけど、この人も結核で死んだのよね。千姫がまだ三十歳の時よ」

「意外と詳しいのね」

「本業が歴史学者なもので」

「意外ね」

「で？　夫が二人死んでるのがどうしたの？」

「わからない？　未亡人になったのが女盛りの三十歳。火照る軀をもてあましていたってわけ」

「あなたの事じゃなくて千姫のことを訊いてるんですけど」

「あたしも、そのつもりで話してるのよ」

「そうだったの。〝火照る軀をもてあます〟なんて言うから静香のことだと思ったわ」

「お生憎様《あいにくさま》。あたしにはカレシがいるって言ったでしょ」

ひとみは冷ややかに静香のさりげない自慢を聞き流した。

「でも千姫はもてあましていた。だから千姫は、吉田御殿、吉田屋敷と呼ばれた御殿で、荒淫の限りを尽くすの」

千姫の住居は慶長の頃に五番衆吉田大膳亮《だいぜんのすけ》という者が住んでいたことから吉田御殿と呼ばれるようになった。

「静香、うらやましそうね」

「失礼なこと言わないでよ」

自分はいつも失礼なことを言っているのにと思ったが口には出さなかった。

「荒淫の限りって、具体的には？」

「夜な夜な、通りがかる男を自分の部屋に連れこんでいたのよ」

「やるわね」

ひとみも静香に劣らず少々のことでは驚かない。

「そういう伝説があるのですね」

「そう。あくまで伝説だけどね」

東子の言葉には素直な静香だった。

「静香が歌った歌は何なのよ」

「吉田御殿と呼ばれた千姫の屋敷から、男を誘う様子を歌った歌よ」

「酷《ひど》い歌ね」

〝酷い〟というのは静香の歌唱力のことではなくて千姫を中傷する歌の内容のこと

だろう。静香はすこぶる歌がうまい。

「そういう噂《うわさ》はすぐに広まるでしょ。だから吉田御殿のそばを誰も通らなくなっちゃったの」

「わざと通って千姫と関係を持とうとする輩《やから》がいてもおかしくないと思うけど」

「みんなひとみみたいな色魔じゃないのよ」

さすがのひとみもムッとした。

「相手はお姫様だから粗相をしたら何をされるか判らないし」

「それはあるかもね」

「男旱《ひでり》に陥《おちい》った千姫は、御殿に勤めている花井壱岐《はないいき》という侍に手をつけて、それからはその侍一人と情事に耽《ふけ》るの」

「花井さんは喜んだのかしら。それとも逃げだしたかったのかしら」

「最初はどっちだか知らないけど、やがて花井壱岐は千姫の侍女の竹尾《たけお》という女性と忍ぶ仲になるのよ」

「千姫に知られたくないから忍ぶ仲ね」

「そう。でもいつまでも千姫に知られずにいられるわけがない」

「知られてどうなったの？」

「竹尾も花井壱岐も殺されて井戸に投げこまれたのよ」

「恐ろしや」

「花井壱岐を殺したときに飛んだ血が、雨が降ると天井一面に滲《にじ》みでるのよ。拭いても拭いても出てくるし、夜中にクスクスと声を忍んで笑ったり」

「ヘルハウスね」

「どうする？　姫路城で千姫の幽霊を見たら？」

「さして驚かないと思うわ。いつも似たようなものを見てるから」

「へえ」

自分のことを言われたとは気づかないらしく、静香は気のない返事をして缶ビールを呑みほした。

＊

前園刑事と本宮刑事が竹田ゆいの父親に話を聞き終え竹田家を出たとき、家の前で二階の窓を見上げて涙を浮かべているセーラー服の少女の姿が見えた。少女は前園たちに気づくと踵《きびす》を返して歩いていった。

「白鷺高校の制服ですね」

「ちょっと話を訊こう」

前園刑事が言った。

二人は小走りで少女に追いついた。少女の顔を見て、かなりの美少女であることに本宮は気がついた。

「すみません」

声をかけると、警察バッジを見せて自己紹介をする。

「あなたは竹田さんのお友達ですか?」

本宮の問いに少女はコクンと頷いた。

「ちょっとお話を聞かせてください」

少女は怯《おび》えた様子で頷く。

「その先に小さな公園がありますね。そこまで行きましょう」

公園に着くと三人は並んでベンチに坐った。

「まずあなたのお名前から聞かせてください」

「垣谷です」

「下のお名前は?」

「亜矢子です」

本宮が漢字を聞きだして手帳に書き留める。

「竹田ゆいさんは殺されました。そのことに何か心当たりはありますか？」

亜矢子は無言で首を横に振った。

「竹田さんがつきあってた男性とかは？」

「知りません」

垣谷亜矢子は消え入りそうな声で答える。

本宮は亜矢子が発言するたびに几帳面《きちょうめん》にペンを走らせている。

「吉田先生についてはどうですか？」

亜矢子の肩がビクンと震えた。そのことに気づいた前園が僅《わず》かに眉根を寄せる。

「何かありますか？」

「いえ」

「どんなことでもいいんです。教えてください」

「でも……」

亜矢子はかなり逡巡している。

「噂話の類でもかまいません」

亜矢子が目を丸くした。前園の言葉が的を射たのかもしれない。

「本当に単なる噂だと思いますけど」

「教えてください」

「吉田先生は淫乱だって」

「淫乱？」

本宮が手帳から顔をあげた。

「あ、嘘《うそ》です」

「噂があるというのは嘘なんですか？」

「いえ」

「噂はある。でもその内容……吉田先生が淫乱だというのは嘘だと」

「はい」

前園が目を瞑った。

「吉田先生は前から淫乱だと言われていたのかな？」

「いえ」

亜矢子は即座に否定した。

「まじめな先生でした」

「まじめな先生……。それがいつの頃からか淫乱という噂が立った」

亜矢子は頷く。

「いつ頃からでしょうか?」

「さあ」

亜矢子は首を捻る。

「その噂は、誰もが知ってる噂なんですか?」

「かなりの人が知ってると思います。LINEとかで回ってきてますから」

「LINE?」

「スマホなどで使われている連絡用のツールです」

「なるほど。見せてもらえますか?」

亜矢子はスマホを鞄《かばん》から取りだすと該当画面を刑事二人に見せた。

——吉田が淫乱だって知ってる? アパートに毎晩、男を連れこんでるんだって。

日付は三ヶ月ほど前だ。ほかにもいくつかメッセージを見たが、どれも同じような内容だった。

「ありがとうございます」

前園は礼を言うとスマホをしまうように言った。

「でもどうしてそんな噂が？　吉田先生のアパートに夜な夜な男が訪ねるところを見た生徒でもいるのかな？」

「わかりません」

亜矢子はそれ以上は知らないようだった。

「事件に関係あるかどうかは判りませんが、念のため、ほかの生徒にも訊いてみましょう」

「そうだな」

刑事二人は話を打ち切った。

＊

白鷺高校は臨時休校となった。

昨夜遅く校内の井戸で女性の遺体が発見されたのだ。

「もう一度、確認します。亡くなっていたのは竹田ゆい。この女性は白鷺高校の生徒で間違いありませんね？」

尋ねたのは前園刑事。校長室に数人の教師を集めて事情聴取が行われている。

「間違いありません」

白鷺高校の校長、西哲男《にしてつお》が沈痛な面持ちで答える。西は五十五歳。でっぷりと太った軀《かんろく》は貫禄がある。

竹田ゆいの遺体は現在は遺体安置所に移されている。第一発見者の教師、吉田郁美は昨夜のうちに校長である西に連絡を入れた。

「死因は、どうなっとりますでしょうか」

西がこめかみを流れる汗をハンカチで拭きながら尋《たず》ねる。

「自殺でしょうか？」

なかなか答えない前園刑事に業を煮やしたのか西は重ねて訊いた。

「絞殺です」

「絞殺……」

西は絶句した。

「殺されたという事ですか」

言葉を失っている西に代わって谷ヶ崎荘介《たにがさきそうすけ》が尋ねた。谷ヶ崎荘介は三十三歳。白鷺高校の数学教師である。

背が高く、イケメンと評判の谷ヶ崎は女生徒たちから絶大な人気があった。

「その通りです」

谷ヶ崎も唾を飲みこむ。

「いったい誰に……」

「それをお訊きしたい」

前園が谷ヶ崎に言った。

「私に？」

「はい」

「どうして……」

「関係者からお話を聞くのが我々の仕事です」

谷ヶ崎は西を見た。

「警察では、犯人の目星はついていないっちゅう事ですか」

校長としての役割を果たそうとしたのか西が尋ねる。

「すべてこれからですよ。何しろ遺体が発見されたばかりなんですから」

西は頷く。

「吉田先生は何か言ってましたか？」

谷ヶ崎が訊いた。

「吉田先生が第一発見者なんですよね？」

「捜査に関することはお答えできません」

「ということは、吉田先生が捜査対象に？」

西がギョッとしたように谷ヶ崎と前園を交互に見る。

「それも含めて、お答えできません」

谷ヶ崎は沈痛な面持ちで頷いた。

＊

東京駅から東海道・山陽新幹線で三時間以上かかったが〈アルキ女デス〉の三人は夕方には姫路駅に着いた。

改札を出ると東急ハンズやユニクロが入ったビルが隣接している。通りを隔《へだ》てたところにはロフトが入ったビルも見える。

「大きな駅ですね」

東子が声をあげる。

「そうね。規模としては仙台ぐらいかしら」

「そうかもしれないわね」

「行きましょう。歩いて十分ぐらいよ。ウォーキングの会であるわれわれには物足りない距離だけど、お城の敷地内を歩くだけでも、そこそこのウォーキングになるはず」

そう言うと静香は誰の返事も待たずに歩きだした。

姫路駅北口から北にまっすぐに大手前通りという大通りが伸びている。その通りを十分ほど歩けば姫路城に着く。

「早く見たいわ。プリプリ」

「何よプリプリって」

「プリンセス×プリンセスよ」

「それが？」

「プリンセスは姫。姫×姫で姫二乗。つまり姫路城」

「ドッチラケ」

馬鹿な話をしているうちに城が近づいてきた。

「見て！」

真っ先に静香が声をあげる。進行方向に姫路城の美しい姿が現れている。

「壮大なお城ですね」

東子が珍しく華やいだ声を出す。険悪になりかけた静香とひとみの仲を取り持つように。

「東子は姫路城は初めてだったわね」

「はい。西洋のお城は何度か見ているんですけれど、日本のお城はあまり見る機会がなくて」

「前は修復作業をしていてあの美しい姿は見られなかったのよ」

「そうなんですか」

三人はお堀端に着いた。目の前に姫路城の天守閣が大きな実体となって迫ってくる。

姫路城では内壁、外壁とも漆喰《しっくい》が使われ、また屋根瓦《がわら》の継目にも漆喰が使われているので全体的に白く見える。漆喰とは石灰を主成分とする壁などの塗装材料だが、石灰の唐音《とうおん》読みであるｓｕｋｉ－ｗｕｉが変化した言葉だとも言われている。

「さすが白鷺城と異名を取るだけのことはあるわね」

「見事ですね」

「姫路城は日本三大名城の一つよ。よく見ておくといいわ」

「はい」

「後の二つは？」

ひとみが訊く。

「一般的には三大名城は、姫路城、松本《まつもと》城、熊本《くまもと》城と言われているわね」

「〝一般的には〟ってことは、ほかにも意見があるのね」

「三大なんとかってみんなそうでしょ。だいたい二つはてっぱんだけど、後の一つにいろんな意見があって」

「そうね」

「三大名城じゃなくて三名城を熊本城、大阪城、名古屋城としたり。でもこの姫路城は文句なしだと思うわ。天守がそのまま残っているのも貴重よ」

「天守が？」

東子が小首を傾《かし》げた。

「天守って判る？」

「お城の立派な建物のことですよね」

「身も蓋《ふた》もない言い方をすればそうね」

時に東子にも辛辣《しんらつ》な物言いをする静香である。

「お城っていうと天守……その立派な建物のことだけを指すと思ってる人も多いけ

ど、お堀に囲まれた敷地内にたくさんある建物を総称して〝お城〟っていうのよ」

「そうだったんですか」

「ええ。城を構成する区画を曲輪《くるわ》っていうの」

「曲輪、ですか」

郭とも書く。

「基本的には丸いから曲輪ね。それぞれの曲輪はとても広い敷地で、その敷地内に天守のほかにも櫓《やぐら》や御殿なんかの建物がいっぱいあるの。そのすべての建物、敷地内の設備を総称して〝城〟っていうのよ」

「そうだったんですか。勉強になります」

「東子は素直でいいわ」

静香はチラリとひとみを見た。

「曲輪は城の中に同心円状に存在するのよ。城のいちばん中心にある曲輪が本丸。つまり天守閣ね。その外側が二の丸。さらにその外側が三の丸よ」

「そういえば二の丸、三の丸という言葉は聞いたことがあります」

「同心円状ばかりじゃなくて、並んで築かれていたり、パターンはいくつかあるけどね」

説明しながら静香は桜門橋と書かれた橋を通り堀を渡る。

「城が一段と大きく見えるわ」

三の丸辺りで立ち止まると静香が言う。

「そうね」

三人はしばらく姫路城の華麗な姿に見惚《みと》れていた。

「お待たせしました」

女性の声がした。振り向くと二十代後半と思《おぼ》しき清楚《せいそ》な女性が立っている。

「吉田さん」

ひとみが声をかけた。待ちあわせの相手のようだ。

「翁さん、お久しぶりです」

女性は吉田郁美だった。

「早乙女です」

静香が右手を差しだす。郁美が静香の手を握るが、顔を歪めた。

「どうしたの？」

「ごめんなさい。テニスで肩を痛めてしまって」

「あらそう」

「もう一週間になるわ」

「そんなに……。治療費も大変でしょう」

「保険に入ってるからその点はいいんだけど……。お医者さんは完治まであと一週間ぐらいかかるって……。ごめんなさい、こんな話」

「別にいいのよ。疲れて見えるのは肩の怪我《けが》のせいかしら？」

郁美は首を横に振った。

「実は、大変なことが起きたんです」

「何よ、大変なことって」

「わたしの教え子が、昨夜、殺されてしまったんです」

「なんですって」

〈アルキ女デス〉の三人は、互いに顔を見合わせた。

2

姫路西署に捜査本部が立てられた。

「本宮君。概要を説明してくれ」

捜査本部長の姫路西署刑事部長に促され本宮が立ちあがる。

「被害者は竹田ゆい。白鷺高校の二年生です。この子が昨夜、白鷺高校の井戸の中で死んでいるところを同校の女教師、吉田郁美によって発見されました」

「井戸？」

捜査員の一人が聞き咎《とが》める。

「白鷺高校は校庭の隅に井戸があります。これは織豊《しょくほう》時代から伝わるもので、歴史教育的観点からそのままにしてあるということです」

「水は汲《く》めるのかね？」

「残念ながら水はすでに涸《か》れております」

質問した捜査員が頷く。

「死亡推定時刻は昨夜、八月十日の午後十一時頃と思われます」

「井戸に落ちて死んだのか？」

「いえ。絞殺された後に井戸に投げこまれています」

本宮が一通りのことを説明した。

「犯人の目星は？」

「今のところ、不明です」

「竹田ゆいにトラブルは？」

「ありません。非常に温厚な生徒だったようです」

「男女関係もないということだが、教師の話だけでは判らん。生徒を中心に聞きこみを続けるんだ」

「はい」

「その第一発見者の白鷺高校日本史教師ですが」

前園が立ちあがる。

「竹田ゆいの死体の写真を撮っています」

「なに」

捜査員たちが互いに顔を見合わせている。

「どうして死体の写真なんか……」

「元々は昨夜、吉田郁美は姫路城の写真を撮りに校庭に行った模様です」

「夜中に？」

「ええ。月と一緒に撮りたいということで」

「ふむ」

「そのときに、井戸に映った月も撮ってみたいと思いついて井戸を覗いたら……」

「死体を発見したというわけか」

「はい。しかもそのときにカメラを構えていましたから、カメラ好きの習性として、思わずシャッターボタンを押したのだと言っています」

本部長は考えこんだ。

「井戸は涸れているんじゃないのか？」

「はい」

「それなのに井戸に月が映るか？」

「吉田郁美の話では、前日に雨が降ったから多少、水が溜《た》まっているんじゃないかと思ったそうです」

「実際にはどうだったんだ？　水は溜まってたのか？」

「ほとんど溜まっていなかったようです」

本部長は溜息《ためいき》をついた。

「実は、その吉田郁美に関して妙な噂を摑《つか》みまして」

捜査員たちが一斉に顔を向ける。

「どんな噂だ」

「吉田郁美が淫乱だというんです」

「淫乱？」

「ええ」

「それは、事件に関係があるのか？」

「判りません。ですが殺人事件の動機の一つとして一般的に挙げられる男女関係にも、もしかしたら繋《つな》がる話かもしれません」

「そうだな」

本部長が頷く。

「淫乱とは……。もう少し詳しく話してくれ」

「吉田郁美は学校の近くのアパートに部屋を借りて住んでるんですが、そこに何人も男が出入りしているようなんです」

「あの女がねえ」

一人が呟《つぶや》いた。

吉田郁美は事情聴取も受けているので、直接、顔を見た刑事も数人いる。

「人は見かけによらない、ということか」

「出入りしている男たちの中に学校関係者はいるのか？」

「ハッキリとは判りませんが、男子生徒らしき人物がいたそうです」

「情報源は？」

「垣谷亜矢子という女性生徒と、ほか数名です」

「裏を取る必要がありそうだな」

「はい」

前園は着席した。

＊

客は誰もいなかった。

「店仕舞いしよう」

草野治《くさのおさむ》が言う。

「まだ七時よ」

草野頼子《よりこ》が応える。〈来々軒〉の閉店時間は午後八時である。

「どうせ誰も来ないよ」

治は四十六歳。背が高く、人の良さそうな顔つきをしている。

頼子は溜息をついた。

頼子は四十四歳。痩せ型の治と違い、このところ体重が増えつつある。

扉がガラガラと開いた。

「いらっしゃいませ！」

治が反射的に挨拶《あいさつ》をする。だが入ってきたのは息子の望《のぞむ》だった。

「なんだ、望か」

「帰ってこない方がよかった？」

「何を言ってるのよ」

頼子が無理に笑みを浮かべる。

「ご飯は食べたの？」

だが望は母親の問いかけには答えず無言で二階の自分の部屋に上っていった。頼子はまた溜息をついた。

「店を閉めよう」

「わかったわ」

「そうじゃない」

「え？」

「この店を」

治の声は少し震《ふる》えている。

「終わりにしようと言ってるんだ」

「あなた」

若い頃から職業を転々としてきた。飲食店、金融会社の営業、板金工場……。

望が小さい頃には、なんとか独立して板金工場を営んだ。ところが赤字経営が続き、二年前、一念発起してラーメン屋に切り替えたのだ。だがラーメン屋でも思うように客が集まらず、借金を増やしただけだった。

「もう、限界だ」

治の言葉を聞いて頼子の目から涙が流れた。

*

〈アルキ女《メ》デス〉の三人は姫路城近くの温泉に宿を取った。

さっそく宿の露天風呂で汗を流して部屋に戻ると仲居たちが食事を用意していた。

「ちょうどよかったわ」

用意が調うと三人はビールで乾杯をした。だがいつもの元気はない。

「本当に大変なことになったわ」

ひとみが口を開く。

「そうですね。翁さんのお友達が殺人事件に巻きこまれてしまって」

「これじゃガイドを頼めないわね」

「そこ？」

「まあいいわ。こうなっちゃったら、どのみち観光どころじゃないでしょうし」

「どういう意味？」

そう訊いてからひとみはビールを飲む。

「あたしたちで捜査をするのよ」

ひとみがビールを噴きだした。

「やめてよ。料理にかかるじゃない」

「ごめん」

ひとみは素直に謝った。

「でも殺人事件の捜査は警察の仕事よ」

「民間に委《まか》せるのが現代の主流よ」

「ぜんぜん意味が違うんですけど」

「堅いこと言わないで」

静香はビールを呷る。

「東子。なんとか言ってやってよ」

このごろはひとみも東子のことを名前で呼ぶ。

「殺人事件の捜査が警察の仕事であることは間違いないことだと思います」

「ほらね」

ひとみが得意げに静香を見る。

「ただ、わたくしたちが呑気《のんき》に観光をする気分ではないこともまた確かなことだと思います」

「ほらね」

今度は静香が得意げにひとみを見た。

「どっちなのよ」

ひとみが自棄《やけ》気味に言った。

「どっちでもいいわ。乗りかかった船よ」

「自分から乗りこもうとしているくせに」

「ひとみ。あなた、あたしたちを巻きこみたくないからそんなことを？　もしかして一人で調べようとしてるんじゃ？」

「そうだったのですか？」

ひとみは答えない。

「やっぱりそうだったのね」

「そういう事にしておきましょうか」

「吉田郁美さんはあなたの友だちだもんね。ほっとけないわ」

「静香……」

「あなたの友だちはあたしたちにとっても友だちよ」

そう言うと静香は魚に箸《はし》を伸ばした。

＊

真夜中……。

県警本部通信指令室に一本の電話がかかってきた。


——警察ですか？

電話の声の主は若い女性だった。

――はい。事件ですか？　事故ですか？

――事件です。

女性の声は落ち着いている。

――どのような事件でしょうか？

――殺人事件です。

電話を受けつけている警察官が顎を引く。

――誰かが殺されているのですか？

――はい。

――場所は？

――白鷺高校の校庭です。

警察官がメモを取る。

――殺されているのは誰ですか？

――白鷺高校の生徒です。

――それは……。

警察官が少し考える。

――先日の事件では？

竹田ゆいの遺体が井戸の中から発見された事件……。

――いいえ。

電話の主は即座に答える。

――女子生徒が殺された事件とは別です。今回、殺されているのは男子生徒です。

警察官は息を呑んだ。

――あなたは誰ですか？

――白鷺高校の教師です。

――お名前は？

――吉田と申します。

一通りの話が終わると、電話を受けた警察官は情報をまず姫路西署に回した。

＊

八月十二日早朝――。

姫路西署は緊張に包まれていた。

「おととい、竹田ゆいが殺されていた白鷺高校校庭で二人目の犠牲者が出た」

本部長の口調は重かった。

集まった捜査員たちも沈痛な面持ちをしている。

最初の事件が起きてから二日しか経っていないが、同じ高校で起きた事件だけに〝犯人を早く逮捕していれば第二の犠牲者は出なかった〟という見方をされることが想像できた。また、捜査員たち自身も、第二の犠牲者を出してしまったことに敗北感を感じていた。

「本宮。報告を」

本宮刑事が数枚のメモを片手に立ちあがる。

「被害者は白鷺高校の男子生徒、草野望。二年生です。草野望は、竹田ゆいと同じように、白鷺高校校庭にある井戸から遺体となって発見されました。制服ではなくグリーンのTシャツ――普段着を着て死んでいました」

「同一犯か」

捜査員の一人が呟く。

「もちろん断定はできませんが、その可能性が考えられることは確かです」

「死因は?」

「青酸カリを飲んだことによる服毒死です」

ざわめきが大きくなる。

「すると、他殺ではなく自殺か?」

もし自殺なら、草野望が竹田ゆい殺害の犯人で、その後、自らも死を選んだという線が考えられる。

「現場から麦茶のペットボトルの容器が二つ発見されまして、そのうちの一つから青酸カリの成分が発見されています」

「ということは、現場には被害者の草野望のほかに、もう一人いた可能性が浮上するな」

「はい。そしてその一人が草野に青酸カリ入りの麦茶を飲ませた」

「そういうことだな。もちろん現時点では自殺、他殺の両方が考えられるが、まず他殺が本線だろう」

捜査員たちが頷く。

「さらに」

本宮が報告を再開すると捜査員たちが一斉に本宮に顔を向けた。

「今回の被害者である草野望は、最初の犠牲者である竹田ゆいとクラスは違いましたが、同じテニス部に所属していました」

二人の被害者の共通項があれば、犯人や動機の特定の手掛かりになる可能性がある。

「テニス部の中に二人を恨んでいる人物がいるかどうか、調べる必要があるな」

「はい」

「第一発見者は？」

本部長が話を進める。

「吉田郁美です」

会議室にざわめきが起こる。

「最初の事件と同じか」

「発見時刻は？」

「夜中の零時前後です」

「これも前回と同じ」

ざわめきが収まり、代わりに緊張が走る。〝ホンボシが現れた〟と感じとったことによる緊張だろう。

「吉田郁美はどうしてそんな時刻に校庭に？」

「現在、前園刑事が取調中ですが、どうも〝竹田ゆいの弔《とむら》いに出向いた〟と供述しているようです」

「何も夜中に弔問しなくても」

捜査員たちが頷く。

「ただ、殺された時刻に近い時間に弔問したいと思った可能性もあります」

別の刑事が見解を述べる。

「いずれにしろ前園の報告を待とう」

本宮は坐った。別の捜査員——姫路西署の中堅刑事が手を挙げる。

「吉田郁美に関する身辺調査の結果を報告します」

中堅刑事は立ちあがって報告を始める。

「吉田郁美が複数の男を自宅に誘いこんでいるという噂の検証ですが」

「うむ」

「どうやら本当のようです」

「なんだと」

「郁美のアパートの隣の部屋の住人から証言が取れました」

中堅刑事はメモを読みあげる。

「隣の住人が認識しているところでは、少なくとも三人の男性を見たと言っています」

「その中に草野望はいるか？」

「昨日の聞きこみなので、まだ草野望の情報はありませんでした」

「もう一度、草野望の写真を持って聞いてくるんだ」

「わかりました」

捜査員たちは確実に、捜査が真相の中心に向かっていることを感じ始めていた。

＊

早朝——。

〈アルキ女デス〉の三人は再び姫路城に来ていた。

「捜査にかかりっきりになるのかと思ったら早朝ウォーキングはするのね」

「当たり前でしょ」

「捜査は民間に委せろとか言ってなかったっけ」

「あたしたちはプロじゃないのよ。自分たちの趣味もやりながら捜査もするのよ。それが素人探偵の特権じゃないの」

「いいとこ取りってわけ？」

ひとみがあきれた様子で訊く。

「しかも素人探偵って……」

「あらごめんなさい。ひとみはプロのつもりだったもんね」

「そんなことないって言ったでしょ」

「でも、こんな気持ちのままじゃウォーキングをしていても楽しくないことも確かね」

「そうよ」

静香の言葉にひとみが頷いた。

昨日、吉田郁美から直接、教え子が殺されたという衝撃的な話を聞いたばかりなのに、昨夜もまた別の教え子が殺されたというのだ。

「いったいどうなっているのかしら」

「吉田さん、疑われてしまうのではないでしょうか」

東子が言った。

「その可能性は高いわね。なにしろ二人とも、遺体を発見したのは吉田さんなんだもの。しかも夜中よ」

「静香が言うんだから吉田さんが疑われてるって話も信憑性《しんぴょうせい》があるわ」

「ありがとう」

「なにしろ静香はしょっちゅう疑われてるもんね」

「人聞きの悪いこと言わないでよ」

「ホントのことでしょ。容疑者のプロ」

幽《かす》かに東子の頰《ほお》が緩《ゆる》んだような気がしたが気のせいだろうとひとみは自分を納得させた。

「そのプロにお訊きしたいんですけど、警察から疑われたら心身ともに疲れるでしょうね」

「そりゃ大変なものよ」

〝プロ〟という部分に反論することを忘れて静香は答えていた。

「華奢《きゃしゃ》で神経が細やかそうな吉田さんが耐えられるかどうか心配ね」

「静香みたいに肉食系じゃないもんね、吉田さんは」

「吉田さんが犯人ということはないのでしょうか？」

ひとみは東子の言葉に虚を衝《つ》かれたのか、返事ができないでいる。

「東子。あなた、吉田さんを疑っているの？」

「信じています」

静香の問いかけに東子は即答した。

「お聞きした範囲では、吉田郁美さんには動機がありませんから」

「そうよね」

「それに、お会いしたのは一度だけですけど、そのときに感じた〝清楚な女性〟というイメージをわたくしは信じたいんです」

「同じ気持ちよ」

「静香、東子……」

ひとみは感動した。

「ひとみが友だちとしてつきあっている人に悪い人はいないわ。あたしはひとみの人を見る目だけは信じているのよ」

「ありがとう」

「だってあたしたちとつきあってるんだもの」

そう来たか。いずれにしろ、静香と東子の気持ちはありがたかった。

「あなた、東子のこともいつの間にか名前で呼ぶようになってるし」

「それだけ親しく感じてるのよ」

「ありがとうございます」

「でも東子。それだけわたしを、そして吉田さんを信じているのに、彼女が犯人かもしれないなんて」

「吉田さんが犯人ではないと証明するためには、感情論ではなく、冷静に理性的にあらゆる可能性を検討して推理を推し進めてゆくことが必要だと思うんです」

「えらい。さすがあたしの弟子ね」

弟子だったんだ、とあらためてひとみは知った。

「そのためには、吉田さんが犯人とする考え方も必要ではないでしょうか。その考え方を覆《くつがえ》すことができて初めて吉田さんの無実を証明できると思うのです」

「冷静ね。検事、あるいは弁護士的考え方ね」

どちらも相手の鋭い追及を跳ね返して初めて真実に到達できる。

「でも、事態は深刻よ」

静香が言った。

「だって最初の発見だけならまだしも、二人目の被害者も吉田さんが発見したんですもんね」

「そうなのよ」

「しかも夜中に」

「それに……」

ひとみの声が低くなる。

「吉田さん。淫乱って噂まで立てられてるんですって」

「淫乱？」

「そう。吉田さんからメールが来たのよ」

ひとみは経緯を説明した。

「ひどい話ね」

「でしょ？」

「吉田さんは、とても清楚な人に見えたわ」

「実際にそういう人よ」

「だったらどうして淫乱なんて噂が立ったのかしら」

「判らないわ」

「吉田さんに話を聞かないとダメね」

「今は警察で取り調べの最中だと思うわ」

「でしたら白鷺高校に行ってみませんか？」

「あら。東子にしては大胆な意見ね」

「少しでもお役に立ちたいんです」

「そうね。ちょうどいま白鷺高校では日本史教師の欠員ができたはずよ」

「だから？」

「ひとみが潜《もぐ》りこむにはちょうどいいじゃない」

「はあ？　わたしが潜りこむ？」

静香はゆっくりと頷いた。

＊

竹田ゆい殺害事件の参考人として事情を聞いていた吉田郁美を家に帰した後も、吉田郁美に関する捜査は進められていた。

その直後、第二の殺人事件が起きてしまった。夕刻、捜査会議が開かれている。

「二人の被害者と関係がある人物として、第一発見者の吉田郁美があげられる」

地元刑事がホワイトボードに要点を書きこむ。

「吉田郁美は二人の被害者が所属するテニス部の顧問だった」

「さらに不審なのは遺体の発見の経緯です」

本宮が坐ったまま発言する。

「その通りだ。二件とも、夜中に校庭で発見している」

「教師ですから校庭にいるのはいいとして、時間帯が問題です」

「どちらも夜中の十二時近く」

「ええ。竹田ゆいの事件に関しては一応、写真を撮るためという理由はありますが、吉田郁美は写真部の顧問でもありませんし」

「草野望の事件に関しては？」

「竹田ゆいの弔いに出向いたという本人の証言を得ました。竹田ゆいが殺された時刻に近い時刻に」

「とってつけたような言い訳にも思えるな」

「吉田郁美をホンボシと考えていいようですね」

「まだだ」

本部長は慎重だった。

「動機が判らない」

「吉田郁美のアパートに草野望が来ていたという情報にも裏が取れました。この事実は動機に結びつきませんか？」

「たとえば？」

「男女の愛憎の縺《もつ》れです」

「充分、考えられるだろう」

本部長が自分の発言を肯定したことで刑事は安堵《あんど》して腰を下ろした。

「竹田ゆいと草野望が恋愛関係にあり、そこに吉田郁美が強引に加わってきた」

「はい」

「だが草野望は竹田ゆいを選び、それを恨んだ吉田郁美が二人を殺害した」

「そうです」

「だがそれだけでは弱い」

「と言いますと？」

「吉田郁美はどうして二人同時に殺さなかったのか」

「最初に吉田郁美は邪魔者の竹田ゆいを殺害。しかしそれでも草野望が自分に靡《なび》かなかったため草野望をも殺害したということではないですか？」

「なるほど。それで殺人の順番は説明できる。あるいは単に二人いっぺんに殺すことが難しかったから一人ずつ殺したのかもしれない」

「はい」

「いずれにしろ、竹田ゆいと草野望が本当に恋愛関係にあったのか裏を取る必要がある」

「わかりました」

「本部長」

　別の捜査員が手を挙げる。

「さらに重要なことが判りました」

「それは？」

　本部長に指名されて捜査員が立ちあがる。

「吉田郁美は、竹田ゆい、草野望、両名の死亡保険金の受取人になっています」

「なんだと」

　捜査員たちが色めき立った。

「実は両名とも自分の親が主たる受取人ですが、その一部を吉田郁美に渡るように裏書きをしているんです」

「一部……いくらだ？」

「両名とも五千万円の生命保険に入っていまして、吉田郁美に渡るのはその一割、五百万円です」

「五百万……合計一千万円か」

「動機には充分かと思われますが」

「微妙なところだが……たとえば、吉田郁美に金が必要な状況でもあれば動機としては充分となる。その辺りを調べるんだ」

「はい」

「裏が取れたら吉田郁美の逮捕状を請求する」

捜査員たちはそれぞれの捜査に散っていった。

＊

〈アルキ女デス〉の三人はロープをくぐって井戸の中を覗いている。

「おかしいと思わない？」

「何がよ」

「遺体はこの井戸の中にあったのよね」

「そうよ」

「犯人はどうして遺体を井戸の中に投げこんだのかしら」

「発見を遅らせるためでしょ」

「でもここ校庭よ」

ひとみは顔をあげた。

「本当に発見を遅らせる、あるいは隠すんだったら山の中に埋めるでしょ。あとは湖に沈めるとか」

とても若い女性が話す内容ではないが、ひとみは納得した。

「たしかにそうね」

「発見を遅らせるというより、むしろ発見してもらいたかったんじゃないかしら」

「さすがお姉様です」

東子は静香のことを〝お姉様〟と浮世離れした呼び方をしている。

「でも人を殺している時ってパニクってるものでしょ？　校庭が見つかりやすいとか、そんなことを冷静に判断できる状態じゃなかったんじゃないかしら。だから単純に、穴があったから放りこんだだけとか」

「人殺しに詳しいひとみさんの意見は尊重するわ」

「何よ。〝人殺しに詳しい〟って」

「気にしないで」

気になる。

「何をやってるんだ君たちは」

突然、男の声がした。振り向くと、二人の男が立っている。一人は背が高く無愛想な感じだ。もう一人は背が低く頭が禿《は》げあがっている。

「事件の捜査をしてるのよ」

　静香が臆することなく答えた。

「事件の捜査？　ここで起きた殺人事件のことか？」

「そうよ」

「同業者か？」

「そうは見えないけど」

「探偵か？」

「あら、よく判ったわね。こちらの翁ひとみさんは名探偵よ」

「ちょっと。いい加減なこと言わないでよ」

「何をゴチャゴチャ言ってるんだ。私らはこういう者だが」

　背の低い男が警察バッジを見せた。

「刑事さんね」

「そうだ。君たちの名前と身分を教えてもらおう。そしてここで何をしていたかも」

「あたしの名前は早乙女静香。歴史学者よ」

「歴史学者？」

「そう。そしてここにいた理由は、白鷺高校の生徒さんが二人殺された事件の調査をするためよ」

「どうして調査を？」

「乗りかかった船よ」

「どういう事だ」

「あたしたち、遺体の第一発見者である吉田郁美さんの知りあいなの」

刑事二人は顔を見合わせた。

「署まで来てもらおうか」

今度は静香たちが顔を見合わせる番だった。

「どうしてよ」

「不法侵入についての事情聴取だ」

「人聞きの悪い言い方ね」

静香は腕を組んで仁王立ちした。

「でもいいわ。あたしも警察の人にいろいろ聞きたかったから。渡りに船よ」

あくまでポジティブシンキングの静香だった。

＊

垣谷亜矢子と砂川賢一の二人は学校近くの公園で話をしていた。

周りには子ども連れの主婦の姿が数組あるだけで、学校の生徒は一人もいない。

「大変なことになったね」

亜矢子がポッリと言うと賢一も「ああ」と返事をした。

「うちはゆいのお通夜に行ったわ」

「僕は草野のお通夜に行ったよ」

「ゆいの部屋も見せてもらった」

「何か遺品はもらった？」

亜矢子は首を横に振った。

「きれいに片づいている部屋だから、あまり形見になるようなものは見あたらなかったわ」

「僕も同じだよ」

「草野君の部屋を見たの？」

「ああ。あいつがあんなに整理整頓がうまいとは思わなかった。まるで誰かが……」

「え？」

「いや、なんでもない」

「ご両親が片づけたのかもしれないわよ。ご両親だって、形見になるような大事な物を探したいでしょうし」

「ああ」

二人はしばらく無言で地面を見つめていた。

「吉田先生、本当に犯人なのかな」

賢一の呟きに亜矢子は答えない。

「どう思う？　亜矢子」

「うち、大変な秘密を知ってるの」

「え？」

亜矢子は眉間に深く皺《しわ》を寄せていた。

3

翁ひとみが白鷺高校で臨時講義を行うことになった。

——お城というものは、最初は山に築かれました。これを山城と言います。

体育館でひとみの講義が始まった。

吉田郁美が抜けた代わりに授業を行うことは日程的にも難しかったが、全校生徒を相手に体育館を借りて講義を行うことなら白鷺高校側も賛成した。

「ひとみって意外と名が通ってたのね」

体育館の最後列に坐《すわ》っている静香が左隣の東子に小声で言った。

「はい。翁さんが講義をすることに、白鷺高校の先生方もたいへん喜んでいらっしゃいました」

「その通りです」

静香の右隣に坐る谷ヶ崎が応えた。

「いま我が校は、事件のせいで生徒たちも気が沈んでいます。そんなときに著名な翁先生が来校していただいたのは僥倖《ぎょうこう》です。生徒たちも元気づけられるでしょう」

谷ヶ崎のさらに隣の高端恵美《たかはしえみ》が頷く。

——わたしがいちばん好きなお城は長野の松本城です。

谷ヶ崎の頬がピクリと動いた。

「馬鹿じゃない？　あの女」

静香が辛辣な言葉を吐く。

「姫路城に来てどうして〝松本城がいちばん好きだ〟なんていらないことを言うのよ」

「まあまあ」

谷ヶ崎が冷や汗を拭きながら静香を宥《なだ》める。

「実際にいちばん好きなんでしょう。正直に言うことはいいことです」

「馬鹿正直っていうのよ」

東子は澄ました顔でひとみの講義を聴いている。

「あたしは姫路城がいちばん好きよ」

「ありがとうございます」

谷ヶ崎が思わず頭を下げる。

「ところで、あなたにお話を聞きたいんだけど、いいかしら？」

「話？」

「ええ。あたしたち、事件のことを知りたいの」

谷ヶ崎と高端恵美は顔を見合わせた。

*

前園と本宮の二人の刑事は取調室で吉田郁美を追いつめていた。

「あなたは淫乱だ」

前園が決めつけた。

「あなたは夜な夜な男を自宅に引き入れていた」

「それは……」

「証人もいる」

「弟です」

郁美が反論する。

「弟?」

「はい。弟がたまに遊びに来るんです。それを見られたんだと思います」

「だがお前の部屋にやってくる男は一人じゃない」

前園が細い目で郁美を見つめる。

「前に、つきあっていた人が何度か来たことがあります」

「白状する気になったか」

「白状だなんて……。別れ話がこじれて……」

「デタラメを言うな」

「デタラメじゃありません！」

「お前は夜な夜な男を自宅に引き入れるような女なんだ。だから男はいっぱいいる。〝前のカレシ〟もいっぱいいるだろう。そういう男も夜な夜なお前の部屋にやってきて情事に耽《ふけ》っていた」

「そんな……」

　郁美は絶句した。

「それに、お前の部屋にやってきたのは二人だけじゃない。少なくとも三人の男がやってきているという証言もあるんだ。淫乱でなくて何なんだ？」

　郁美は反論の言葉を探しているようだ。

「弟に元カレ、あとは誰だ？」

　だが郁美は答えない。

「答えられまい。それが答えだ」

「男を引き入れたら犯罪ですか？」

前園は目を剝《む》いた。

「開き直りか」

舌打ちをする。

「男を引き入れることは犯罪じゃない。だがな」

前園は顔を郁美に近づける。

「お前のその淫乱の血が、男女間の痴情の縺れを引き寄せるんだよ」

「痴情の縺れ？」

「しらばっくれるな。草野望と竹田ゆい、そしてお前だ」

郁美の顔が蒼《あお》ざめる。

「心当たりがあるようだな」

郁美は答えない。

「お前は自分の家の情事部屋に教え子である草野望を引きこんだ。草野望は性欲が有り余っている男子高校生だ。女盛りのお前に誘われれば抵抗することは難しい」

「ところが」

本宮が割って入る。

「同じ教え子の竹田ゆいが草野望を好きだった。そこから話がこじれ、お前たち三人は泥沼の関係になったんだ」

「だからといって、どうして二人を殺さなければならないんですか」

「こっちが訊きたい」

　前園が郁美を睨む。

「男女のドロドロなんて、しょせんは他人には判らないことだ。しかも二人は死んでいる。お前の口から聞きだすしかないんだ」

「私は殺していません」

「しらを切るな。おおかたお前が生徒二人と泥沼の三角関係に陥ったことを知られたくないために二人を殺したんだろう。つまり口封じだ」

「竹田ゆいから〝草野望と別れないと学校に言う〟とでも脅されたか」

「そんな脅しは受けていません」

「まあいい。時間はたっぷりある。ゆっくりと証拠を集めていくとしようか」

　郁美は堅く唇《くちびる》を嚙《か》みしめた。

＊

　翁ひとみは喫茶店で二人の学生に話を聞いていた。

砂川賢一と垣谷亜矢子……二人とも白鷺高校の生徒である。

通夜に行った話、部屋を見せてもらった話……。

「大変なショックでしょうね」

まずひとみは慰める言葉を口にして二人を見た。二人は緊張した面持ちで頷く。

「同じ学校の友だち二人が殺されてしまったんだから」

再び二人が無言で頷く。頷いたまま顔をあげない。

「しかも犯人はまだ捕まっていない」

二人は顔をあげた。

「吉田先生が犯人じゃないんですか？」

砂川が口を開いた。

「どうかしらね」

「警察はそう考えていると聞きました」

「誰から？」

「それは……」

「マスコミです」

口籠《ご》もる砂川に代わって亜矢子が答えた。

「テレビで言ってました」

「あなたたちはどう思うの？」

二人は顔を見合わせる。

「先生は、人を殺せるような人じゃありません」

砂川がようやく生気を取り戻したような強い口調で答える。

「あなたは？」

ひとみは視線を亜矢子に向ける。

「うちもそう思います」

「よかったわ」

ひとみは小さな笑みを浮かべる。

「わたしもそう思っているの」

「翁先生……」

「翁先生は、吉田先生とどういう関係なんですか？」

「大学時代に知りあったの」

「そうだったんですか」

「だから吉田さんの人となりはそれなりに判っているつもり。そのわたしから見ても、吉田さんが人を殺すなんて考えられない」

「そうですよね。でも状況的にはかなり怪しげなことも事実です」

亜矢子が冷静に言った。

「そうね。どっちの事件でも遺体の第一発見者になったのは状況証拠と取られかねないわ」

「しかも夜中ですよ？」

「姫路城の写真を撮っていたっていうことだけど……。郁美は普段から写真をよく撮っていたの？」

亜矢子は首を横に振ってから砂川を見た。

「吉田先生に写真の趣味があったとは知りませんでした」

「そう」

「いいカメラを持ってたんですか？」

「普通のデジカメみたいね。特別に趣味にしていた感じじゃないわ」

「ケータイで写真を撮るだけでも〝写真が趣味〟っていう子、友だちにいます」

「そうよね。趣味の度合いは人それぞれだから、なにも高い機材を揃《そろ》えてないと趣味を名乗れないなんて事はないし」

「問題は吉田先生が本当に姫路城の写真を撮りに行っていたのか」

「垣谷さん。あなたいい筋してるわね」

「ホントですか？」

「何の筋だよ」

砂川が茶化すように言った。

「探偵よ」

「吉田先生を助けたいんです」

ひとみは頷いた。

「デジカメには姫路城が写っていたんですか？」

「いいえ。写す前に遺体を発見したってことよ」

「ますます不利ですね」

ひとみは頷く。

「違う方向から攻めないとダメ」

「違う方向？」

「そう」

「どういう方向ですか」

「淫乱の噂」

「あ」

「二人に訊くけど、そんな噂、本当にあったの?」

「それは……」

「ありました」

口籠もる砂川に代わって再び亜矢子が答える。

「そうなんだ……」

ひとみは少し気落ちした。

「でも何かの間違いですよ」

亜矢子の言葉に砂川は頷いた。

「僕もそう思います。先生はそんな人じゃありません」

「あなたたちを信じるわ」

「翁先生……」

「だって、あなたたちは普段からテニス部で郁美をよく知ってるんだものね」

「はい」

「そういう人の感覚は信じられる」

「ありがとうございます」

「でも、だったらどうしてそんな噂が立ったのかしら」

「もしかしたら……」

砂川が言い淀《よど》んでいる。

「言いなさいよ」

亜矢子が促《うなが》すと砂川は頷いた。

「勉強を教えてもらってたのかも」

「え？」

「草野です」

「草野君が？」

「はい。噂の一人は草野なんです」

「郁美が淫乱だっていう噂の、相手の男ってこと？」

「はい。相手の男は、名前は判らない男が多いけど、中にはうちの生徒も噂に上ってて、草野もその一人なんですよ」

「そのこと、草野君には問い質《ただ》したことがあるの？」

「いえ。あらたまって訊くのも訊きづらくて」

「そうね」

ひとみは納得した。

「でも草野君はベッドの相手じゃなくて、勉強を教えてもらってたんじゃないかって思うのね？」

「はい」

「それはなぜ？」

「あいつ、日本史に悩んでたんです」

「日本史が苦手なの？」

「ええ。ほかの教科はかなりいい点を取るんだけど、日本史だけ、いつも壊滅《かいめつ》状態で」

「人にはそれぞれ、得手不得手があるからねえ」

「吉田先生は日本史の先生です」

「それで教えてもらってたってこと？」

「はい」

「可能性はあるわね」

「それに、あいつのうちは家計が苦しくて、塾にも行けないって聞いたことがあります」

「誰から？」

「本人から」

「特別な事じゃないわ」

亜矢子が言った。

「うちもそうだし、ゆいだって……。ゆいはお父さんの仕事がうまくいかなくて引っ越すかもしれないって言ってたし」

ひとみはその後も二十分ほど話を聞くと礼を言って二人と別れた。

＊

ホテルのロビーに宿泊客が自由に使っていいパソコンが二台、設置されていた。

桜川東子はそのパソコンを利用して調べものをしている。静香もひとみも出かけてしまったから、一人で部屋にいても仕方がないと思ったのだ。

東子はパソコンを操作するのは好きだった。

もともとアウトドア派ではなくインドア派の東子である。屋外で活発にスポーツをするより部屋の中で読書をする方が性に合っている。

大学に入ってメルヘンの研究をするようになってからパソコンの操作を覚えた。それまで、機械類にあまり興味のなかった東子だが、研究にはインターネットが必須だったので、パソコン教室から専門の家庭教師を自宅まで派遣してもらって勉強したのだ。

その結果、ゼミの誰よりもパソコン操作に習熟するに至った。

いま東子は、今回の事件の関係者に関する、あらゆることを調べていた。

(ダメだわ)

東子は、誰にも気づかれないような幽かな溜息をついた。

(新しい事実が見つからない)

事件の関係者である竹田ゆい、草野望、吉田郁美に関するデータを検索しているのだが、すでにマスコミが報道している情報以上のことは見つからないのだ。

(たいていのことは、マスコミや警察がすでに調べていること。ならば、少し角度を変えて調べてみようかしら)

東子は気まぐれに竹田ゆいの名前で画像検索をかけてみた。

(やっぱりダメですね)

一般人の名前だからデータは一つもヒットしないかもしれないと半ば諦めていた

が、やはりヒットしなかった。だが東子は諦めずに草野望の名前でも画像検索を続けた。

（これもダメですね）

だがまだ東子は諦めなかった。

（時間は充分にあるのですもの）

翁ひとみから聞いた垣谷亜矢子、砂川賢一でも検索をかける。〝砂川賢一〟経由でクラス名簿にたどり着いた。

（かなり検索材料が増えたわ）

東子は休むことなく次々と検索をかけてゆく。

（あら？）

若い男女のカップルの写真を見て東子はキイボードを叩《たた》いていた手を止めた。見覚えのある顔だ。

（これは……）

間違いない。

竹田ゆいと草野望の写真だった。友人の一人がスナップ写真の一つとしてブログに上げたものだ。

二人は手を繋いでいる。竹田ゆいはベージュのタンクトップ。草野望はグリーンのTシャツを着ている。

（やはりこのお二人はおつきあいをなさっていたのね）

二人の背後には姫路城が見える。

写真にはタイトルがついている。

——初めてのデート

東子の胸に、もの悲しい気持ちが湧いてきた。

（このときのお二人は、とても幸せそうだわ……それが、二人とも何者かに殺害されてしまうなんて……）

東子はなおもウェブサイトを見続ける。制作者は〝あやぽん〟となっているが、東子はすぐにこのサイトの制作者の本名を割りだした。

——垣谷亜矢子

それがこのサイトの制作者の本名だった。

＊

〈アルキ女デス〉の三人は宿の部屋で夕飯を食べていた。

仲居が次々に豪華な料理を運んでくる。

「何かおかしいのよ、この事件」

三人がそれぞれ自分が調べたことを報告し終えると、ビールを飲みながら静香が言う。

「どこがおかしいのでしょうか？」

「東子ほどの人でも判らないか」

「教えてください」

東子が素直に訊く。

「あたしたちは必死になって二つの殺人事件の犯人を見つけだそうとしているけれど、肝心の吉田郁美さんが、真犯人を暴《あば》くことにあまり熱心には見えないのよ」

「あ、わたしも思った」

ひとみが口を挟む。

「後から言ってもダメよ」

静香がピシャリと言った。ひとみはムッとする。後から言ったとか、そういう問題じゃなくて真相に近づくための話しあいをしているはずだ。だが静香に言っても無駄なのでひとみは黙っていた。

「どうして吉田さんは真犯人を暴くことに積極的じゃないのか」

「まさか自分が犯人だからなんて言わないでしょうね」

「ひとみ。あなた、そんなことを考えてたの？　親友のことを」

「考えてないわよ」

親友ってほどでもないし、と心の中でつけ加える。

「そうじゃなくて」

「誰かを庇《かば》っているのでしょうか？」

「ピンポーン」

静香が箸で東子を指した。失礼な仕草だが、静香がやるとなぜか様になっているように見える。

（錯覚だろうけど）

東子を見ると、正解と言われた割には平然とビールを飲んでいる。

（鈍感なのか、肝が据わっているのか）

どちらにしても顔に似合わない性格ね。そう思ってひとみは少しおかしくなった。

「問題は誰を庇っているかね」

「もしかしたら吉田さんが淫乱だという噂」

ビールを飲みほした東子が言う。ひとみは思わず空になった東子のグラスにビールを注《つ》いだ。いつも静香が〝ジャンジャン飲んで〟と言っているから習慣になってしまったのかもしれない。静香自身は口で勧めるだけで、あまり自分で人のグラスにビールを注いだりはしない。

「そこに秘密が隠されているのかもしれません」

「なるほど」

「どうしてよ」

「あら、ひとみには少し難しかったかしら。この理論」

「理論ってほどの事でもないでしょ」

ひとみはムカついて摘《つま》みをムシャムシャと咀嚼《そしゃく》する。

「いいこと？　吉田さんは淫乱じゃないのよ」

どうして断定できるのかひとみには判らなかったが、実際問題、郁美は淫乱ではないとひとみも確信していた。ただそれを静香のように証拠もないのに断定できないだけだ。

「わかってるわよ」

「だけど火のないところに煙は立たず」

「少しは淫乱だっていうの？」

「あなたと一緒にしないでよ」

「なんですって」

ひとみの目がつりあがった。

「淫乱は静香でしょ。男と京都旅行した話を自慢げにしてたじゃないの」

「あ、男旱《ひでり》のひとみにとっては男と旅行しただけで淫乱になっちゃうんだ」

「失礼ね。わたしを淫乱にしたいのか男旱にしたいのかどっちなのよ」

「心は淫乱だけど相手がいなくて軀《からだ》は男旱ってとこね」

「心底ムカつく」

「目的はどうあれ、吉田さんのアパートに男性が何人か訪れたことは確かではないでしょうか」

東子がさりげなく軌道修正を図る。

「そうなのよ。それが誤解されて淫乱なんて噂を立てられちゃったってことよ」

「その男の中に、郁美が庇ってる男がいるってこと？」

「ピンポーン」

久しぶりに静香に反論されなかった。

「で、誰なのよ、郁美が庇ってる男って」

「もう少しで何かが判りそうなのよ。いえ、何かじゃないわ。全体像が」

「がんばってください、お姉様」

「もう少しアルコールが必要ね。それで頭の回転がよくなる。そうした上で温泉に浸かって頭脳をリラックスさせれば真相が見えると思うの」

「飲んで温泉に入りたいだけでしょ」

少し酔っているのか、静香の頬はすでにほんのりと赤みが差していた。

＊

〈アルキ女デス〉の三人は食事を終えると露天風呂へと繰りだした。

「やっぱり旅は温泉ね〜」

躯を洗い終え、いちばん早く湯に浸かっている静香が両手を伸ばしながら言った。

「本当ですね」

その左隣に東子が入ってくる。

「女三人旅もいいものね」

静香の右隣にひとみが軀を沈める。

「殺人事件さえなければね」

「いえてる」

ひとみは静香の言葉を肯定した。

「人が死ぬのは辛《つら》いですね」

「そうよ。まして何の関係もない人じゃないのよ。わたしの知りあいの教え子だもの」

ひとみがしんみりとした口調で言う。

「それも殺人事件……。犯人を知るのが怖い気もするわ」

「吉田さんかもしれないから？」

「そうじゃないって信じてるけど……。いっそ犯人なんていなければいいのに」

ひとみはそう言うと同意を求めるように静香を見た。静香は答えない。

「戯言《ざれごと》よね。これは事故でも自殺でもない。殺人事件だもん。犯人はいるわ。そしている以上は捕まってもらいたいわ」

そう言うとひとみはもう一度、静香を見た。静香は目を瞑っている。

「どうしたの？」

「ちょっと待って」

「何よ」

静香がカッと目を開いた。

「判った！」

静香が立ちあがった。

湯が音を立てる。静香の軀から湯が弾《はじ》け飛ぶ。

「何が判ったのよ」

「事件の真相よ」

「え、犯人が判ったの？」

「判ったわ」

ひとみは一瞬、息を呑んだ。

「誰なのよ」

「生徒よ」

「生徒？」

静香は出入り口に向かってスタスタと歩いていった。

＊

〈アルキ女デス〉の三人は白鷺高校に出向いた。

校庭にはすでに八人の人間が待っていた。

前園刑事と本宮刑事。

白鷺高校の校長、西哲男。

教師である吉田郁美、谷ヶ崎荘介、高端恵美。

生徒の砂川賢一と垣谷亜矢子である。

郁美は自分が糾弾されることを恐れているのか顔を伏せている。

「どうしてわれわれを呼んだのかね？」

西校長が静香に尋ねる。

「吉田郁美さんがけっして淫乱ではないこと。そして一連の事件の犯人ではないことを多くの人に同時に知ってもらいたいからよ」

郁美はハッとしたように顔をあげた。

「真相が判ったのですか？」

郁美が恐る恐る訊く。

「判ったわ」

静香はキッパリと言った。

「犯人は……その……吉田君ではないのかね？」

西が訊く。

「そうではないと証明されればうれしいのだが」

「違うわ」

西の緊張した顔が緩んだ。

「それに郁美さんは淫乱でもない」

「それは……」

西がまたオロオロしだした。

「そうではないと信じていますが」

「どうして淫乱ではないか。それは吉田先生が説明した通り」

郁美が頷いた。郁美の下を訪ねたのは、みなそれぞれ理由のある男たちだった。

元カレ、弟、そして……。

「吉田先生は、草野君に勉強を教えていたのよね」

「勉強？」

みなは郁美を見た。

「はい」

郁美は認めた。

「草野君は日本史が苦手だったので」

「そうだったのか。それで……」

「でも苦手科目があったら、普通は塾に行くなり家庭教師をつけるなりして対処するんじゃないかな？」

西が疑問を呈した。

「そんな余裕はなかったのよ」

静香が説明する。

「草野君の家のラーメン屋は経営が悪化していた。だから経済的な余裕はなかった」

「そうだったの」

「それもあって、吉田先生はそのことをなかなか言えなかったのよね？」

「教師が個人を自宅で教えている、という点も、言いにくかったのかもね」

ひとみの言葉に郁美は力無く頷いた。

「これで吉田君が淫乱ではないと判った」

西が幾分、安堵した顔で言う。

「だが警察は、殺人事件の犯人として吉田君を見ているのではないかね？　淫乱は法律違反ではないが、殺人は最大の犯罪だ」

「吉田先生は殺していません」

静香が言う。

「ではいったい誰が竹田君と草野君を殺したというのかね」

「誰も殺してはいないんです」

「え？」

誰も静香の言葉の意味を把握できないでいた。

「どういう事だね？」

「二人は自殺したんです」

郁美がハッとしたように顔をあげた。

「自殺？」

谷ヶ崎が頓狂な声をあげる。

「ええ」

「しかし……」

谷ヶ崎は戸惑っている。

「これは殺人事件です。竹田君は殺された」

「殺したのは草野君です」

「じゃあ、草野君が犯人？」

「これは心中事件なんです」

「心中……無理心中か」

「いいえ」

静香はゆっくりと首を左右に振る。

「時間差心中です」

「時間差心中……」

「それは……？」

「二人は〝心中しよう〟と誓いあっていたんです」

「二人って、竹田さんと草野君が？」

「はい。二人はつきあっていました」

「やっぱり」

砂川が思わず口に出す。みなは砂川をチラリと見た。

「そんな気がしてたんです」

「二人のツーショットの写真がネットに上がっているのを見つけたのよ」

「うちです」

垣谷亜矢子がポツリと言った。

「二人がつきあってるの、知ってたんです」

「だから〝秘密を知ってる〟なんて」

砂川の言葉に亜矢子はコクンと頷いた。

「どうして黙ってたんですか」

前園が亜矢子を睨んだ。

「ごめんなさい。事件解決に繋がる話だとは思わなくて」

亜矢子は項垂《うなだ》れた。前園は溜息をついた。

「しかし、二人がつきあっていたからといって時間差心中だとは」

「草野君の部屋も、竹田さんの部屋も、きちんと整理されていました。これは死を覚悟してのことだと思ったのよ」

「なるほど」

「それに服装」

「服装？」

「ええ。二人が死んだときの服装。これは二人が初めてデートしたときの服と同じだわ」

「あ」

垣谷亜矢子が声を上げる。

「覚悟の心中、か」

谷ヶ崎が呟く。

「それに決定的なこと」

「なに？」

「吉田先生は肩を強打して手に力が入らないのよ」

「おお」

西が思わず声をあげる。

「あたしと初めて会ったとき、握手をしようとしたんだけど、それだけで顔を歪めていた。それだけ利き腕に力が入らないのよ」

「あの犯行は……」

西が口を挟む。

「首を絞めて、その遺体を井戸に投げこんでいます。利き腕に力が入らない状態では、とても為《な》せるものではありません」

「だから吉田先生に犯行は無理」

前園が頷く。

「しかし、つきあっている二人がどうして心中なんかするんだね？」

「別れが近づいて来たからです」

「別れ？」

「はい。竹田さんは、近々東京に引っ越す予定でした」

「あ」

亜矢子が声をあげる。

「二人は別れを儚《はかな》んで死を選んだんです」

「しかし、今の時代、遠距離恋愛はよくある話だと思うが」

「そうね」

谷ヶ崎の言葉に高端恵美が相槌《あいづち》を打つ。

「引っ越しは引き金に過ぎなかったんです」

「引き金？」

「ええ。その前から二人を絶望感が襲っていました」

「それはどうして？」

「貧困です」

「草野君の家は」

　谷ヶ崎が口を挟む。

「お父さんの商売がうまくいっていなかったんです。もしかしたら、一家心中しかねない雰囲気が草野家を包んでいたのかもしれません」

「一家心中……」

「板金工場からラーメン屋……。そうか、草野君が呑《の》んだ青酸カリは、板金工場をやっていたころのものが家にあったのかもしれないな」

「でも一家心中を企てるとしたら一家の大黒柱である父親でしょう。どうして草野君が死ななければならなかったんですか」

「先ほども言ったようにこれは一家心中ではなくて竹田さんと草野君の時間差心中よ。二人は別れを儚んで心中したの。そこに至るまでの心理に、草野君の家が〝心中〟を考えるほど切羽詰まっていたのではないかと想像したのよ」

「その想像は当たっています」

「谷ヶ崎先生……」

「実は一度、草野君の家を訪問したことがあるんです」

「え？」

「授業料が滞《とどこお》っていたので……」

「そうだったの」

「そのとき、家全体がすごく暗い雰囲気だったのを覚えています。〝大丈夫かな？〟と心配になるほどに」

「草野君は、自分が死んだら生命保険金が家族に渡ることまで計算していたのよ」

郁美がハッとしたように顔をあげる。

「そうよね？　郁美さん」

郁美は蒼い顔をしたまま答えない。

「竹田さんも同じ」

静香は高端恵美に視線を向ける。

「そうですね」

恵美は頷いた。

「竹田さんの家も苦しんでいた」

「不景気ですからねえ」

西がどこか人ごとのような調子で呟く。

「竹田さんの家は」

高端恵美がようやく谷ヶ崎の言葉を引き継ぐように口を開く。

「お父さんの仕事がうまくいってないのでしょう。実はこのところ、授業料が引き落とされていないんです」

「竹田さんも、自分の死で少しでも家計が助かるように自分に保険をかけていたはずです」

静香は郁美を見た。

「かけていました」

「吉田先生、それを知ってたんですか？」

西が問う。

「テニス部で傷害保険に入っていたんです」

「なるほど」

「全員が強制的に入る割引率の大きい保険でしたが、草野君と竹田さんの二人は、さらに保険金を上乗せしたいと相談しにきたんです」

「それを受けたんですね？」

　郁美は頷く。

「手続きは本人たちがしました」

「そのときに、彼らはあなたを保険金の受取人の一人にしたのね」

「なぜそんなことを」

「お礼の意味だと思うわ」

「お礼？」

「保険の増額を引き受けてくれたこと」

「吉田先生」

　西が郁美に視線を向ける。

「吉田先生はそのことを知ってたんですかな」

「知りませんでした」

　郁美がキッパリと言った。

「わたしは、わたしが受取人の一人になっていたことなんて知らなかったんです」

「それは事実でしょうね」

静香も郁美の言葉を請けあった。

「もし知ってたのなら、彼らが死ぬことも想像できたでしょうから」

「なるほど。それを想像できたら止めてますよね」

谷ヶ崎が言う。

「竹田さんが亡くなったときに微《かす》かな不審を感じたんです」

「それは？」

「死の前に、保険金の増額をしたことの意味を考えたからです」

「なるほど」

「保険金請求のなんらかの役に立つかもしれないと思って、思わず竹田さんの遺体の写真を撮ったりもしました」

「それで写真を……」

「心中だと気づいたのは？」

「草野君が死んだときです」

前園の問いに郁美が答える。

「そのときに、ああ彼らは心中したんだって気づいたんです」

「だったらどうしてそれを言わなかったんだね？」

　前園が厳しい目を向ける。

「庇ったんでしょうね」

　静香が言った。

「二人が心中したって世間に判ったら、彼らの窮状も世間に知られることになる。吉田先生はそのことを避けたかったのよ」

「それに……」

　ひとみが口を挟んだ。

「郁美は、保険金が下りなくなることを心配したんじゃないかしら」

「保険金が下りない？」

「ええ。契約後すぐの自殺だと下りないって聞いたことがあるわ」

「草野君と竹田さんの保険は、契約後、半年経てば自殺でも下りることになっています」

「でも偽装殺人という細工を施している。関係者が犯罪に絡んでいる場合も保険金は下りないんじゃない？」

「そうね」

「吉田先生はそのことを危惧して、本当のことが言えなかったのよ」

「どうせ死んでしまったのなら、せめて彼らの望みだった保険金だけは親に受け取らせてやりたい……。そう思ったのね」

郁美は項垂れた。

＊

〈アルキ女デス〉の三人は姫路駅に向かうタクシーの中にいた。

「心中といっても、草野君が竹田ゆいさんのことを殺したのよね」

「ええ」

「これは殺人にならないのかしら」

ひとみが疑問を呈した。

「もし殺人なら保険金は下りないわよ」

「草野君が殺したって証明できないんじゃないかしら」

「遺留品などは井戸の中ですから、指紋なども検出されにくいでしょうしね」

「保険金はきっと下りるわよ。もっとも、ご両親は受け取りたくはないでしょうけど」

「そうね。お金を遺《のこ》すより、本人たちに生きていてもらいたかったでしょうね」

「でもお金を受け取らないと、草野君と竹田さんの思いが無駄になってしまいます」

東子がしんみりとした口調で言った。

「でもよかったわね。吉田さんの疑いが晴れて」

「ええ。みんなのお陰よ」

ひとみが言った。

〝そんな事ないわ〟という返しを期待していたが静香は何も言わなかった。

「淫乱でもなかったし」

「ああ、そうね。そっちの誤解も解けたわよね」

「吉田さんだって千姫だって淫乱のわけないわ」

「千姫も？」

「当たり前でしょ。仮にも将軍家の娘よ。そんなことができるわけもないでしょう」

「そうよね」

「ではどうしてそのような噂が立ったのでしょう？」

「千姫の淫乱をからかった歌があったでしょう」

「♪　吉田通れば二階から招く　しかも鹿の子《かこ》の振り袖で～ってやつね」

「下手《へた》ね」

「大きなお世話」

「その歌はね、もともとは三州吉田の宿で遊女が客を呼んだことを唄ったものらしいわ」

「そうだったの」

「千姫がいたのも吉田御殿。ぜんぜん繋がりはないけどどちらも吉田……。だから後世の人……江戸時代の戯作者あたりが勝手に当てはめただけでしょ」

「無責任な噂話を作って楽しんでいたのかもね。当時は娯楽もなかったし」

「格好の娯楽にされてしまったのでしょうか」

「今だって大して事情は変わらないわよ。芸能人のゴシップなんて、あることないこと書かれてるんだから」

「そうね」

「いい災難ね」

「千姫といえば大阪城も縁《ゆかり》の城ですね」

「近いわね」

「大阪城には黄金が隠されているという伝説があるそうですね」

「寄っていきましょうか」

「ええ？」

「どうせ帰り道よ」

姫路駅を目指すタクシーの後ろに、見送るように姫路城が聳《そび》えている。

大阪城殺人紀行

1

藤ノ川拓《ふじのかわたく》が言いにくそうに美田秋子《みたあきこ》に声をかける。

「あの……」

天然パーマ気味の短い髪をしている藤ノ川拓は三十歳になる。

身長は百七十センチほどだろうか。痩せ形で、顔は歳《とし》の割に皺《しわ》が寄っている。大きなギョロリとした目が強い印象を残すが、どこか気弱そうでもある。

「なに？」

美田秋子は四十八歳。大阪は阿倍野《あべの》駅近くでスナック〈淀《よど》〉を経営している。彫《ほ》りの深い顔をしている。若いころ、夜な夜な遊び回っていたころも美人でナイスバディと評判だったが、その面影をまだまだ充分に残していた。

「今月分が、まだ振りこまれていないようなんですが……」

秋子は黙《だま》っている。客はすでにいない。表の電飾看板を片づけようとしていたところだ。

秋子はニッと笑った。

「もう少し待ってほしいの」

「え?」

「ごめんね」

「そやけど」

藤ノ川は戸惑っている。

「三日後……いえ、明後日《あさって》には必ず」

藤ノ川は何か言いたそうだったが、何も言わずに頭を下げ店を出ていった。

秋子は深い溜息《ためいき》をついた。バーテンダー兼雑用係の藤ノ川に今月分の給料を渡せなかったのだ。

このところ店の経営が思わしくない。浮き沈みはあるが、長い目で見れば客足が減っているのだ。

(でもここを乗りきれば……)

三週間、減り続けていた客足が、ここ一週間は上向き始めているような気がする……。それでも家賃や仕入れ代などを支払うと、藤ノ川に渡す金は残らなかった。

(どうしよう)

ドアが開いた。

二人の男が入ってきた。ガッチリとした中年男性と、華奢《きゃしゃ》な若い男だ。

「藤ノ川に会ったで」

そう言ったのは園原克己《そのはらかつみ》。五十五歳になる。

身長は百七十センチほどだろうか。だが筋肉質の軀《からだ》は実際の身長よりも園原を大柄に見せていた。頭は短く刈っている。

〈園原工務店〉を経営する社長である。もっとも正社員は園原一人しかいない。常にアルバイトの従業員を何人か抱えていて、請けおう仕事によってはその期間だけさらにアルバイトを募集して凌《しの》いでいる。

「今日、給料日やろ？」

美田英仁《ひでひと》が訊《き》いた。美田英仁は二十八歳。秋子の一人息子だ。秋子の血を引いて、やはり彫りの深いバタクサイ顔をしている。十代のころは暴走族に入って暴れていた。最近になっても定職がなく、不定期に母親の店を手伝っている。

「給料、渡せなかったわ」

秋子の言葉に英仁はギョッとしたように口を噤《つぐ》んだ。

「もうやっていけないわ」

秋子が言った。

「家賃が払えないのよ」

「役立たずが」

園原克己が吐き捨てるように言う。

「お前は商売が下手《へた》なんや」

「おかんの悪口はよせ」

美田英仁がいきりたった。

「英仁。誰の金で〈淀〉をやってると思ってるんや」

「それは……」

英仁は言葉に詰まった。

「感謝してるわ」

夫と死別している秋子と独り者の園原は内縁関係にあった。

なんば駅近くのアパートで一緒に暮らしている。だが籍は入れていない。英仁の存在を理由に入籍を拒んでいる。

「お客が入らないわけじゃないんよ」

秋子は言い訳のように言う。

「一時はどんどん減っていったけど、ここ一週間は徐々に増えている。ここを乗りきればきっとうまく回転してゆく」

英仁が頷《うなず》く。

「だからもう少し融通してくれないかしら」

「ふざけるな」

園原は一蹴した。

「藤ノ川さんの給料だけでも払わないと……」

「こっちだって苦しいんや」

ドアが開いた。客らしき男の二人連れが店内を覗《のぞ》いている。

「もう閉店やで」

園原が凄《すご》むと男たちはすぐに引き返した。

「英仁。鍵を閉めろ」

英仁は仏頂面のまま鍵を閉めた。

「坐《すわ》れ」

園原に言われるまま空いている席に坐る。三人が車座になる形で坐った。

「金が欲しうないか？」

園原が声を潜《ひそ》めて訊いた。

「欲しいわよ」

秋子がすぐに答える。

「くれるの？」

「アホ。こっちだって苦しいって言ったやろ」

「くれないいなら余計なことを言わんといて」

「手に入れるんや」

「は？」

英仁がバカにしたような声をあげる。

「金がなかったら手に入れればええんや」

「簡単に手に入るんやったら苦労しないわよ」

「そうや」

英仁が相槌《あいづち》を打つ。

「簡単には手に入らない」

「当たり前でしょ。一生懸命働いて、長い年月をかけて溜《た》めてゆくものよ」

「苦労はするが一瞬で手に入るとしたら？」

秋子も英仁も園原が何を言ったのかよく理解できない。

「宝くじか？」

英仁が鼻で笑った。

「ちがう」

「じゃあ銀行強盗か」

「そうや」

秋子も英仁も虚を衝かれたように口を開けた。

「何よそれ」

「アホくさ」

英仁が吐き捨てるように言う。

「冗談はよせよ」

「冗談やない。本気なんや」

園原はさらに声を落とした。

「本気って……」

「正確に言うと銀行強盗やない。宝石泥棒や」

秋子も英仁も一瞬、反応できなかった。

「ほんまに本気なのか？」

先に英仁が反応する。

「ああ。これなら一瞬で金が手に入るで」

「やめろ」

英仁は即座に言った。

「成功するわけがない」

「成功する」

園原は断言した。

「なんで判《わか》るんや」

「計画は完璧や」

秋子と英仁は顔を見合わせた。

「計画まで練ってたのかよ」

「本気やと言ったやろ」

「あんた、前にもやって捕まったじゃない」

園原は十年ほど前、当時、勤めていた塗装店の金庫から現金、百万円を盗み逮捕されたことがあった。

「その時の経験を踏まえている。どうして捕まったのかが判った。今度はそれを生かせる」

「ホンマかよ」

「その時はどうして捕まったのよ」

「計画性がなかった。すべてが杜撰《ずさん》やった。だから人に気づかれ露見した」

「今度は大丈夫だっていうの？」

「ああ。とにかく、完璧や」

「換金は？」

英仁は園原に迫った。

「宝石を盗んでも換金が難しいと聞いたことがある」

「お前も盗もうとした事があるみたいやな」

英仁は答えない。もしかしたら本当にあるのかもしれない。その様子を見て園原が笑みを浮かべる。

「換金ルートは確保してある」

「冗談じゃないのね？」

秋子が怖々と訊く。

「本気や。言ったやろう。俺も苦しいんや」

「でも」

「盗むのは金塊や」

「金塊……」

「時価一億円以上の金塊や」

英仁がゴクリと唾《つば》を飲みこんだ。

「金塊って……」

「平たく言えば金の延べ棒や」

園原は鞄《かばん》から雑誌を取りだした。

「何だよ、それ」

「貴金属の雑誌や」

園原は付箋《ふせん》が貼《は》ってあるページを開いた。そこには煌《きら》びやかな金の延べ棒の写真が〝インゴット〟というキャプションと共に載っている。

「インゴット?」

「金の延べ棒のことや。金地金《きんじがね》とか、単にバーとも言う」

園原はかなりゴールドに詳しいようだ。

「これが一億かよ」

「一つが約六千万円」

「六千万……」

「それを二個いただく」

「どこから」

園原は付箋を貼ってあるもう一つのページを開いた。

「ここや」

そこには一つの宝石店が紹介されていた。

「〈ジュエリーTEN〉……」

英仁が、紹介されている店の名を呟《つぶや》いた。

「この店に金の延べ棒があるのか?」

「ああ。見てみろ」

園原が指さしたページの隅に〝扱い商品〟という欄があり、そこに〝各種宝石、指輪、金地金〟と記されている。

「だけど、ホンマにあるかどうかは」

「あるんだよ」

「調べたのか?」

「店の住所を見てみろ」

英仁と秋子が開かれたページを凝視する。

「大阪市北区梅田《うめだ》……」

「割と近くやろ」

「あ、この店……」

「知ってるか？」

秋子は頷いた。

「小さな店よね」

「それだけに隙《すき》がある」

「店まで行ったのか？」

「行った」

「驚いたな」

「たしかにインゴットを扱っていた。ただし店頭には陳列されていない」

「訊いたのか？」

「電話で問い合わせた」

秋子が溜息をつく。

「成功するわけないわ」

「成功したら一億二千万や」

「どのくらいの大きさなんだ？　そのインゴットは？」

「これはインゴットでも大きなやつでな。ラージバーという。縦二十センチ、横八センチ、高さが四・五センチや」

「持ち運びはできそうだな」

「だが重いぞ」

「どれくらい？」

「十二・五キロだ」

「米十キロなら運んだことがあるけど」

秋子が口を挟《はさ》んだ。

「すごく重かったわ」

「だけどこれは小さいから持ちやすいかも」

英仁が言う。

「いや、余計に持ちにくい」

「え？」

「考えてもみろ。米十キロよりもかなり小さいんや、金は」

「持ち運びしやすそうじゃないか」

「それが〝軽そうや〟という先入観を生む。だから無意識のうちに軽い物を持つような力しか出さないで、最初はなかなか持ちあがらない」

「そんなことよく知ってるな。それも調べたのか？」

「当たり前や。計画は完璧に練ってある」

秋子は何かを考えているようにしばらく黙っていたが、やがて口を開いた。

「金塊は店頭には陳列されてないって言ったわね」

「ああ」

「どこに保管されてるの？」

「店の奥にある金庫や」

「どうして判るのよ」

「実は」

園原は茶を一口飲んだ。

「〈ジュエリーＴＥＮ〉のオーナーと飲んだんだ」

「え？」

「話はすべてそこから始まってるんや」

「どういう事よ」

「話したことないか？」

「何がよ」

「〈ジュエリーTEN〉の店舗の施工をしたのがうちなんや」

「え？」

「それであそこのオーナーとは面識があった」

「それで飲んだの？」

「ああ」

秋子がゴクリと喉《のど》を動かした。

「その時にこの雑誌を見せられた。大いに盛りあがってな」

園原は声を潜める。

「富沢《とみざわ》……〈ジュエリーTEN〉のオーナーだが、富沢はベロンベロンに酔っぱらってな」

「あなたは？」

「ベロンベロンになるほどの酒量やなかった。富沢は酒に弱いんや」

「それで？」

「金のことをいろいろ聞かされたよ。あいつは金を扱ってることを自慢してた」

「普通は扱えないの？」

「基本的には専門店が扱っている。田中《たなか》貴金属とか、三菱《みつびし》マテリアルとか」

「聞いたことあるわ」

「だけどそれだけやない。百貨店や宝石店だって扱ってるところはあるんや。金の買い取り専門店だって存在する」

「そのときに聞いたのね。〈ジュエリーＴＥＮ〉のインゴットが店の奥の金庫に保管されてるって」

「ああ」

「無理よ」

秋子は溜息混じりに言う。

「金庫に入っているものをどうやって取るのよ」

「荒っぽいことはゴメンや」

英仁も秋子の意見を補強する。

「荒っぽいことはしない」

園原は落ちついている。

「金庫の番号を知ってるんや」

秋子と英仁が怪訝《けげん》そうに園原を見る。

「どうして……」

「あいつは喋《しゃべ》りすぎた」

園原の言葉を秋子は注意深く待つ。

「酔っぱらってペラペラと……。喋っているうちに、金庫の番号を知ることができたらインゴットを盗めるんやないかと思った」

「それで訊いたの？」

「いや」

園原は首を横に振った。

「あいつがトイレに行っている隙に、背広のポケットから手帳を取りだして盗み見たんや」

「それで？」

秋子が身を乗りだした。

「最後のページに、右、左という文字と一緒に、五つの数字が書かれていた」

「それが……」

「金庫を開ける番号や」

「ホントかよ」

「まちがいない」

園原は自信ありげに言った。

「もし違ってたら？」

「その時はあきらめる」

英仁はチラリと秋子を見た。

「すばやく写真に撮ったんや。スマホだから画質はいい。それをメモして写真は削除した」

店内に沈黙が訪れた。

「これがあるから計画を思いついたんや。金庫の番号をゲットしたからな。それがなかったら計画もなかった。〝これはいける〟と思ったんや」

「どう思う？」

英仁が秋子に訊いた。秋子は答えない。

「まだビビッとんのか。こんな偶然は滅多にない。神の思《おぼ》し召しや」

「そうかもしれないわね」

「おふくろ」

「換金できたら、そのお金はどうするの？」

秋子は真顔で園原を見た。

「俺たちのものや」

まだ見つめ続ける。

「とりあえず、半々にしてそれぞれが持つことにしよう」

ようやく秋子は頷く。

「それで、具体的な計画は？」

「従業員が帰った後の夜中に決行や。詳しいことはこの紙に書いてある」

園原はバッグからレポート用紙を取りだした。

「説明が終わったらこの紙は捨てる。よく覚えるんや」

園原は説明を始めた。

＊

誰もいないはずの部屋に人影が見えた。

「だれ？」

原明美《はらあけみ》は恐る恐る声をかける。本当は何も訊かずに引き返そうと思ったのだが思わず訊いてしまった。

ここは宝石店〈ジュエリーＴＥＮ〉。

明美はそこの店員だ。今年、二十四歳になる。身長は百五十八センチ。肉がほどよくつき、男好きのする軀をしている。顔も唇《くちびる》が厚めで、どこか肉感的だ。

「誰かいるの？」

返事がない。

（泥棒？）

朝礼では宝石泥棒が入ってきた時の対処法などを何度も聞かされている。

――まず通報ボタンを押す。

通報ボタンは警備会社に直結している。だが……。

いざ不審な人物を店内で見かけた時には、そんなマニュアルなど頭から吹き飛んでいる。声をかけてから明美は足がすくんだ。人影は男だった。後ろ向きで屈《かが》んで何かを探しているように見える。男が立ちあがる。

「ヒッ」

明美の喉の奥から短い悲鳴のような声が飛びだす。

「見たな」

だが男の声は笑っていた。

「主任……」

男は宝石店の主任・中島琢朗《なかじまたくろう》だった。

「なあ～んや」

明美は一気に気が抜けた。明美と中島琢朗は不倫関係にあった。

中島琢朗は小太りで、見栄えのよくない男だった。年齢は三十歳。あまり女性にモテるタイプではないだろう。だが明美は男がいないとダメな体質なのか、妻のいる中島と関係を続けている。

「主任、何してたんですか？」

「明美へのプレゼントを見繕《みつくろ》っていたんや」

「まあうれしい」

明美は中島に抱きついた。

中島は明美にぞっこんで、まめにプレゼントも贈っていた。それは高級料理であったり宝石であったりした。そういうことが重なって明美は中島に軀を許したのだ。宝石店の給料ではとても賄《まかな》いきれない額だとは思ったが、明美は中島の金がどこから出てくるのか、あえて訊いたことはなかった。

明美にとっては中島は便利な男だったのだ。また、どこか崩れた佇《たたず》まいが明美と気が合う理由の一つかもしれない。

「いいのがあった?」

そう言うと明美は中島にキスをした。二人はしばらく激しいキスを続けた。

「金塊はどうやろう?」

唇を離すと中島が言った。

「インゴット?」

「ああ」

「くれるの?」

冗談だと思ったのか、明美は笑いながら訊いた。

「盗むんや」

「え?」

明美の顔が瞬時に真顔になる。

「盗んで換金して、二人で山分けしよう」

「冗談でしょ?」

「本気や」

「まさか」

「俺が何のためにこんなに朝早くに来ていたと思う?」

「盗むためだって言うの?」

「そういう事や」

「盗むんなら夜やるでしょう」

「下調べや」

「でも今日はあたしが早く来ることは判っていたでしょう」

「お前なら判ってもええんや。お前と山分けするんやから」

二人は抱きあったまま至近距離で見つめあった。

「うれしい!」

明美が抱きつき二人はまた長いキスをした。

「この話、乗るか?」

唇を離すと中島が明美に訊いた。明美はゴクリと、中島の唾液の混ざった唾を飲みこむ。

「一億ね」

中島は頷いた。

「オーナーに露見《ばれ》ない？」

「富沢さんが東京に行っている時にやれば露見《ばれ》るわけないやろう」

〈ジュエリーＴＥＮ〉のオーナーである富沢隆信《たかのぶ》は東京にも同じ店名の宝石店を出店しており、東京と大阪にほぼ一週間ずつ交互に滞在していた。

「盗んだ後よ」

「大丈夫や」

中島は自信ありげに頷いた。

「泥棒に入られたことにすればいい」

「泥棒が店の鍵を開けられる？」

「最近の泥棒はピッキングなどお手の物や」

明美は東京で起きた宝石盗難事件を思いだした。

「そうね……。でも金庫の鍵も？」

「金庫だって開けられる。テレビで見たことがある。ちょっとコツを掴《つか》めば、音と手触りで開けられるらしい。つまり、泥棒が盗むこともあるわけや」

「そう……」

「目の前に大金があるんやぞ」

中島は鼻と鼻をつけて明美の瞳《ひとみ》を見つめる。

「そうよね。目の前に大金があるのよね」

明美は金庫を見た。

「それをいただかない手はない。一億二千万や」

「あなたは番号を知ってるから金庫を開けられる」

「その有利な点を使わなければもったいないやろ」

「乗るわ」

明美が中島を見つめたまま言った。

「働かなくて大金が手に入るのよね」

「そうや」

「もう働くのはうんざりなのよ」

明美の言葉を聞いて中島はニヤリと笑った。

「俺もや」

「金庫の番号を知ってるのはオーナーとあなただけよね？」

「そうや」

「開けてみて」

「今は盗まない」

「見るだけよ」

中島は頷くと金庫に向かって屈んだ。ゆっくりとダイヤルを回してゆく。左右に五回、回したところでカチリ、と音がした。

明美は固唾《かたず》を呑《の》んで見守っている。中島は金庫の扉を開いた。扉は明美の思っているよりも厚い気がした。中島は金庫の中を覗いたまま何も言わない。

「どうしたの？」

「いや」

「早く金塊を見せてよ」

「それが」

中島は口籠《くちご》もる。明美は中島の肩に手をかけて押しのけるように金庫の中を覗いた。中は空だった。

「ちょっと。インゴットは?」

「ない」

「どういうこと?」

「盗まれたんや」

「はあ?」

「こんなことって……」

「ふざけんなてめえ!」

明美はいきなり中島の脛《すね》を蹴飛《けと》ばした。

「痛!」

中島は脛に手を当てた。

「何すんだよ!」

「独り占めしたな!」

「ち、ちがう」

中島は焦《あせ》った声を出す。

「俺は知らない」

「じゃあどうしてないんだよ」

「それは……」

　中島の声が震えている。

「警察に届ける」

「やめろ」

「やっぱりお前が盗んだんやな」

「違うって言ってるやろ」

　中島が少し落ち着きを取り戻す。

「だったらどうしてないんだよ」

「俺にも判らない」

　二人はしばらく無言で立ち尽くしていた。

「明美お前、言葉が悪くなったな」

「あ、ごめん」

　明美が少し気まずそうな顔を見せる。

「興奮して」

「それは判るけど……考えてみろ」

「何を」

「俺は金庫を開けようとしてたんやぞ」

「それが？」

「すでに盗んだんやったら、わざわざもう一回、開ける必要なんてないやろう」

明美はしばらく中島の言葉を考える。

「それもそうね」

「判ってくれたか」

明美は頷いた。中島がホッとしたように溜息を漏《も》らす。

「でも、だとしたら本当に泥棒に入られたの？」

「そうやろうな」

「そんな……」

「あるいはオーナーがなんらかの都合で持っていったか」

「オーナーはいま東京の店よ」

「電話してみよう」

中島はスマホを取りだした。

＊

〈アルキ女《メ》デス〉の三人は大阪の繁華街、ミナミの居酒屋で酒盛りをしていた。

もともと姫路《ひめじ》城付近をウォーキングするのが目的だったのだが、またまた千姫《せんひめ》をめぐる事件に巻きこまれてしまったのだ。

「いいの？　こんなところで寄り道して」

翁《おきな》ひとみがどちらにともなく訊いた。

三人は姫路城で事件に巻きこまれた後、一気に東京に戻らずに大阪に立ちよった。大阪城に近い場所に露天温泉が楽しめるホテルを見つけたのだ。

「このままじゃ帰れないでしょ」

早乙女静香《さおとめしずか》が答える。

「どうしてよ」

ひとみはどこか不満そうだ。ひとみも忙しい身だから早く東京に戻りたいのかもしれない。

「姫路城を見たんだから、そして千姫にまつわる事件に遭遇したんだから、大阪城も見ておくべきでしょう」

「大阪城は千姫ゆかりの城でもありますしね」

桜川東子《さくらがわはるこ》が静香を援護するように言った。

「そりゃそうだけど」

「ゆかりどころじゃないわよ。ミエよ、まりよ、知子《ともこ》よ！」

静香が何を言っているのかひとみにも東子にも判らなかった。静香が詳しい昭和歌謡の話だろうか。

「大坂夏の陣で千姫グループが滅びてしまったのよ」

「千姫グループ？」

「ソープランドの組合じゃないわよ。千姫の夫、豊臣秀頼《とよとみひでより》とその実母である淀君《よどぎみ》よ。彼らが住んでいたのが大坂城じゃない」

「たしかにね」

徳川《とくがわ》幕府が全国の大名を動員して大坂城の豊臣氏を滅ぼした戦いが大坂冬の陣と夏の陣だ。二つを合わせて大坂の陣とも呼ぶ。

秀吉《ひでよし》亡き後、豊臣家の宗主は秀吉の子、豊臣秀頼になったが、実権はその母、淀君が握っていた。豊臣家を自己の傘下に置きたい徳川家康《いえやす》は、無理難題を秀頼に突きつけ服従を迫る。

天下人の家柄というプライド高き秀頼・淀君の母子連合軍は、当然のごとく家康の傘下に下ることを拒否する。

大義名分を得た家康は、慶長《けいちょう》十九年（一六一四年）十月、全国の大名を呼び寄せて大坂城を包囲する。徳川側は二十万。豊臣側は十万という軍勢であった。だが天下の名城、大坂城を家康も攻めあぐね、十二月に両者は講和を結ぶ。講和の条件は城の外堀を形式的に埋めるというものだった。

だが……。

狡猾《こうかつ》な家康は講和の条件を無視して、内堀まで埋めてしまった。

そして翌年の四月……。

再び家康は秀頼・淀君連合軍を攻め、堀を失った大坂城は遂に陥落し、秀頼、淀君の母子は自害する。

「秀頼の妻だった千姫は、家康の孫だから燃えさかる大坂城から助けだされたのよね」

「悲劇ねえ」

「でも死にゆく夫を残して自分は助かるんだから、ある意味チャッカリしてるわね」

ひとみが皮肉な見方を吐露した。

「千姫は徳川秀忠《ひでただ》の娘……家康の孫なんだから仕方ないでしょう」

静香がひとみの見方を一蹴した。

「呑みが足りないわよ、ひとみ。だからそんなしらけた見方しかできないのよ。さあ、ドンドン呑んで。それで燃えあがりましょう」

「あなたと燃えあがってどうすんのよ」

「たまにはいいじゃない？」

静香がひとみに軀を寄せた。

「やめてよ」

だがひとみもさほど厭《いや》がっているふうもない。

「酔って一攫《いっかく》千金の夢でも語りましょうよ」

「何それ」

「あら知らないの？」

静香がニッと笑った。

「大阪城にはね、金塊が眠ってるのよ」

「何だ、都市伝説か」

「せめて都《みやこ》伝説とか、もう少し情緒のある言い方をしなさいよ」

「どう言ったって同じでしょ」

「それは、どういうお話なのでしょうか？」

「教えてあげるわ」

静香がビールを飲みほして喉を湿らせる。

「あながち都市伝説とも言えないのよ」

自分でも〝都市伝説〟って言ってる！

だがいちいち指摘するのも疲れるからひとみは黙っていた。

「大阪城にはね、金明水井戸の伝説が残されているの」

「キンメイスイ……」

「金沢明子《かなざわあきこ》の水って書くのよ」

またまた静香の説明はよく判らなかったが、東子もひとみも聡明で大人だから〝金明水〟と書くのだろうと当たりをつけた。

「この井戸の水は大坂城一おいしいと言われたの。氷のように冷たくておいしいって」

「どうしてでしょう？　同じ大阪城城内なら、どの井戸の水質にもそれほどの違いはなさそうに思われますけれど」

「さすが東子は疑問に思うにしてもひとみよりも的を射ているわ」

ムカッときてひとみは酢蛸《すだこ》を食いちぎった。

「それはね、この井戸は水毒を除くために多くの黄金を水底に沈めたからって言われてるのよ」

「え！」

「ひとみ、あなた素で驚いてるわね」

「そ、そんな事ないわよ」

「それが〝大阪城には金塊が眠っている〟っていう都市伝説よ」

「でも」

東子が口を挟む。

「その井戸を調べれば真実は判るはずですよね？」

「調べたのよ」

「え、静香が？」

「違うわよ。よく驚く人ね」

静香がつまみに箸《はし》を伸ばす。

「昭和三十四年に公的機関で大がかりな大阪城の学術調査が行われたの」

「ああ、その時に井戸のことも？」

「調べたわ」

「それで、結果は？　黄金はあったの？」

「あったら大騒ぎでしょ」

「だよね。黄金はガセネタだったのね」

「あきらめるのはまだ早いわ」

「どういう事よ」

「大坂の陣が起きた時、秀頼が念のために違う場所に隠したかもしれないでしょ」

「あ、なるほど」

「素直さだけがあなたの取り柄ね」

「失礼ね」

「褒《ほ》めてるのよ」

「それはどうも」

「どこに隠したのでしょうか？」

東子が訊いた。

「いい質問ね」

ぜんぜんよくないわ！　と思ったが東子に気を遣って口には出さない。

「まだ大阪城の中にあると思うわ」

「へえ～」

ひとみが疑わしげな声を出す。

「疑ってるようだけど、大阪城ったって広いのよ」

「知ってるけど……まさか明日、金塊を探そうなんて言わないでしょうね？」

「そのまさかよ」

ひとみはビールを噴きだした。

「汚いわね」

ひとみは勝手にテーブルを拭いている。

「大阪城のいったいどこにあるっていうのよ」

「それを探すんでしょうが」

「宛《あて》もなく？」

静香はコクンと頷いた。

「呆《あき》れた」

「秀頼の気持ちになって考えるのよ」

「秀頼の気持ちなんて判るわけないでしょ。千姫ならともかく」

今度は静香がビールを噴きだした。

「こういう可能性もあるのよ」

テーブルを拭きながら静香が言う。

「現在、金明水井戸と思われているものが、実は当時のものと位置が違うんじゃないかって」

「どうしてそんな事が言えるのよ」

「現在の天守台の位置が当時と異なるんじゃないかって指摘してる研究者もいるのよ」

「そうなんだ」

「だいたい昭和三十四年に調査した井戸は金明水井戸じゃなかったって判明してるし。つまり本当に金が眠ってるのは別の場所にある井戸なのよ」

「でも井戸だったら大量にあるわけじゃないんだから、一つずつ調べれば判りそうじゃない」

「バカね」

静香の目が少し据《す》わっている。

「大阪城は広いのよ。今の大阪城公園なんか丸ごと入っちゃってるし、それに秀頼が、大坂の陣の時に井戸を埋めちゃったかもしれないじゃない」

「あ」

「ようやく判ったようね」

静香がニヤリと笑みを浮かべる。

「井戸を埋められていたんじゃ、探しようがないのよ！」

「だったら明日、行ったって無駄なんじゃ？」

「ウ」

静香が酢ダコを喉に詰まらせた。

「まさかダウジングでもやるつもり？」

「んなわけないでしょ」

静香は酢ダコをビールで流しこんだ。

ダウジングとは、振り子や二股の占い棒などを使って地下の水脈や石油などを探ることだ。

「そんなオカルト的な事じゃなくて、あたしたちはウォーキング部なのよ？」

「たしかそうだったわね」

「だったら目的もなく歩いたっていいじゃない？　いいえ。目的もなく歩くことが目的なのよ!」

よく判らないが静香の勢いに呑まれてグラスを重ねるひとみだった。

2

中島はオーナーである富沢に電話した後、警察を呼んだ。

自分たちも金塊を盗もうとしていたということで明美は警察に電話することに反対したが、金塊を盗もうとしていたことは自分たちが言わなければ誰にも（警察にも）判らないことだと中島は明美を説得した。第一、通報しなければ、金塊がなくなったことに富沢が気づいたとき、真っ先に疑われるのは自分たちなのだと。

「オーナーは?」

道頓堀《どうとんぼり》署刑事課窃盗犯担当の松本徹《まつもととおる》刑事が中島に訊いた。

松本徹は三十八歳。背は比較的高く、長めの顔はかなり大きい。髭《ひげ》が濃く、天然パーマの髪の毛の量も豊富だ。

「急遽《きゅうきょ》、駆けつけることになっていますが、東京からですので、こちらに着くのは昼過ぎかと」

「昼過ぎですか。ではそれまで、あなたたちに話を伺《うかが》いましょう」

中島と明美は緊張した面持ちで頷く。

「まず、金塊……ラージバーがないことに気づいたのはいつですか？」

「朝、店に入って店内点検をしている時です」

「何時ですか？」

「午前七時四十五分頃です」

「店に入る時に何か不審な様子は？　たとえば、鍵が開いていたとか」

「鍵は閉まっていました。不審な様子は、特に気づきませんでしたが……」

「店の鍵が壊されていた……あるいは強引に開けられていたような形跡は？」

「ありません。最近の泥棒はピッキングもうまくなってるんですよね？」

「どうかな」

松本刑事が曖昧《あいまい》な返事をした。

「それであなたは、自分で鍵を開けて店内に入った」

「はい」

「その時、店内には誰かいましたか？」

「いいえ。誰もいませんでした」

「では、あなたは一人で金庫を点検した？」

「いえ、二人です」

「あと一人は誰ですか？」

「わたしです」

明美が手を挙げる。

「わたしは七時四十五分に出勤しました」

「ではその時に主任と一緒に金庫を見た？」

「金庫を開けて点検したのは主任一人でしたけど、金庫を開けた主任が〝金塊がない〟と大きな声を出したので、わたしも見たんです」

「開けるまで金庫に異状は？」

「ありませんでした」

「金庫の中は、毎日、点検するんですかな？」

大阪府警の井場芳暁《いばよしあき》刑事が訊く。

井場芳暁は五十歳になる。中肉中背だが、かなり目立つ男だ。それは大きな鼈甲《べっこう》のメガネのせいかもしれない。いつも笑っているような表情は刑事らしくないともいえる。

「毎日、朝にします」

「その時にはもうなかった、と」

松本が口に出しながらメモを取る。

「その時、どう思いました？」

「どう、と言いますと？」

「盗まれたとか、あいつが盗んだとか」

「金塊がない、とまず思いましたね。そして……盗まれたんやと」

「ラージバーがほかの場所に保管されているということは？」

「それはありません」

中島がすぐに答える。

「保管場所は、この金庫以外にないんです」

「犯人が一時的に店の中の目立たない場所に隠したとか？」

「店内はくまなく探しました。どこにもありませんよ」

「オーナーがどこか別の場所に移したとか？」

「一瞬、そうかもしれないと思いました。でもすぐにオーナーに電話したら、オーナーも驚いていて」

「オーナーにも心当たりはないと？」

「はい」

井場刑事と松本刑事は顔を見合わせる。

「やはり窃盗ですかね」

松本刑事の言葉に井場刑事は頷いた。

「ラージバーを最後に確認したのはいつですか？」

「昨日の朝です」

「その時に変わった様子は？」

「ありません。いつもと同じでした」

「この店の鍵はいくつあるんですかな？」

井場刑事が訊く。

「四つです」

「それは誰が持っているんですか？」

「私とオーナーが一つずつ。それに予備が二つです」

松本刑事の質問に中島が答えた。

「予備はどこに？」

「ここです」

中島は部屋の隅に置かれているキャビネットの引出を開けた。そこには二つの鍵がしまわれていた。

「あなたの鍵は？」

「これです」

中島はズボンのポケットから革製のキイホルダーを取りだして松本刑事に見せた。

「これで三つ。あと一つは富沢オーナーですか」

「はい」

井場が何かを考えている。

「普通に考えれば、こうなります」

井場が顔に笑みを浮かべるように言う。

「その引出にしまわれている鍵は、あくまで予備で、この店を開ける時には使われていない」

「そうでしょうね」

使われたのなら、また元の抽出にしまうことができない。店の鍵は閉まっていたのだから。金塊を盗んだ犯人は鍵を閉めて出ていったのだ。

「そうなると、犯人が使ったのは、オーナーか中島さん、どちらかの鍵ということになる」

「何が言いたいんですか」

中島が気色ばんだ。

「オーナーか僕の、どちらかが犯人だと？」

「はい」

井場が笑顔のまま言う。

「ふざけるな」

中島が激した。明美は顔を蒼《あお》ざめさせている。

「誰か別のやつに盗まれたんですよ」

中島が震《ふる》え気味の声で言った。

「そうに決まってます」

「あなたじゃなかったら、どうしてその犯人は鍵を持っていたんです？」

「ピッキング、ではないでしょうか」

明美が口を挟んだ。

「なるほど」

井場が頷く。

「さきほど中島さんからも同じ趣旨の発言がありましたが」

中島が頷く。

「ドアの鍵は電子錠ですね」

「はい」

「これは非常にピッキングしにくい」

「でも不可能じゃない」

井場は無言で中島を見つめる。その視線に耐えきれず中島は下を向いた。

「店の奥の金庫にラージバーが保管されているという情報を知っているのは何人ぐらいいますか？」

「たくさんいますよ」

中島は答えた。

「広告に金塊を扱っていることを出していますからね。当然〝あの店には金塊が保管されている〟と誰もが思うでしょう」

「なるほど」

「そうなると、本当に外部の者の犯行かもしれませんね」

松本の問いかけに井場は何も答えなかった。

＊

千葉弘美《ちばひろみ》が店に飛びこんできた。

「大変よ」

「どうしたんすか」

厨房《ちゅうぼう》から古茂田竜二《こもだりゅうじ》が顔を見せる。

「泥棒だって」

千葉弘美はスツールに腰を下ろす。弘美は二十八歳。スナック〈千姫〉のママだ。小柄で美人、それも可愛《かわい》らしいタイプの美人なので、かなり若く見える。

「泥棒？」

古茂田竜二も弘美と同じ二十八歳だ。長身で、百八十センチを優に超えている。顔もどこかバタくさく、竜二目当ての女性客も多くいるほどだ。

「どこで」

「〈ジュエリーTEN〉よ」

「あそこが？」

弘美は頷いた。

「どれくらいやられたんすか？」

「金塊を盗まれたらしいわ。時価一億円以上だって」

「一億……」

竜二はゴクリと唾を飲みこんだ。

「犯人は捕まったんすか？」

弘美は首を横に振る。

「まだ事件が起きたばかり。犯人は逃走中よ」

「誰なんすか？　犯人は」

「まだ判らないみたい」

竜二もスツールに腰を下ろした。

「〈ジュエリーTEN〉って園原さんが……」

「そうよ」

弘美は声を落とす。

「園原さんが請けおった店よ」

「園原さんから聞いたんすか？　泥棒の情報」

「スマホで見たのよ」

すでにニュースに流れているようだ。

「園原さんにも話を聞いてみたいすね」

「園原さん、お金に困ってたのよね」

「え？」

「あ、何でもない」

「ママ……」

「さあ、準備準備。今日も忙しくなりそうよ」

竜二は急《せ》かされるように厨房に戻っていった。

＊

大阪の〈ジュエリーＴＥＮ〉にようやく富沢隆信が到着した。

店ではまだ大勢の警察官、鑑識官が作業をしている。

「あなたが富沢さんですか？」

井場刑事が訊いた。

「はい」

富沢隆信は四十歳。身長百七十五センチ。筋肉質で、肌はサーファーのように日焼けしていた。男らしい顔立ちをしていて、女性によくモテそうだが、未《いま》だに独身である。髪の毛はわずかに茶系に染めている。

「あなたが東京に行っている間に店が窃盗に遭いまして、ラージバーが二本、盗まれました」

「事情は聞きました」

富沢の日焼けした顔が、多少、蒼ざめて見える。

「保険はかけていましたか？」

「え？」

「盗難保険の類です。インゴットに対して」

「いえ。かけていませんでした」

「かけてない？」

「どの保険会社も引き受けてくれなかったんですよ。宝石店だから盗難の危険は非常に高いのに」

「保険会社もそう思ったんでしょうな」

保険金を払う率も高くなる……。つまり保険会社にしてみれば損をする率も高いから引き受けたくない……。

「しかし保険に入ってないとなると、盗難に遭ったら、まるまる店の損失になる」

「その通りです」

「一億円以上だそうですね？」

「昨日の相場で、一億二千四百万円です」

「大変な痛手だ」

「店が保《も》つかどうか」

「何とも言いようがありません」

富沢と刑事の遣《や》りとりを、中島と明美が心配そうに見つめている。

「事件に関してどう思われます？」

「どう、と言われましても」

井場刑事と松本刑事が目配《めくば》せをする。

「こちらへ」

井場刑事が富沢を個室……店長室に誘った。

机を挟んで、富沢の正面に二人の刑事、井場と松本が坐る。

「犯人に心当たりは？」

「さあ」

「単刀直入にお訊きします。従業員のどちらかがインゴットを盗んだ可能性はあるでしょうか?」

「え?」

富沢は心底、驚いた顔を見せる。

「どうです?」

「考えてもみませんでした。今まで、違う人物のことを考えていたので」

「違う人物?」

「はい」

井場と松本は顔を見合わせた。

「誰です? それは」

井場が訊く。

「園原という人物です」

「そのかたは?」

「工務店を経営している人です。この店舗も彼が施工したんです」

「怪しいと思うのはなぜですか?」

松本が訊く。

「このところ、園原さんの金繰りが苦しいと聞いたものですから」

「それだけで怪しいと？」

「いえ」

富沢は何かを思いだすように心持ち顎をあげた。

「実は二ヶ月ほど前、園原さんと二人で飲んだんです」

「ほう」

井場が興味を示した。

「お二人はそういう仲だったんですか？」

「いえ。普段はつきあいはありません。ただ、その日は偶然、道で会ったんです」

「偶然？」

「もちろん、知りあいではありましたから、飲みにゆきましょうかという話になって」

「なるほど」

「その時に、どういうわけか盛りあがって、僕はベロンベロンに酔っぱらってしまったんです」

「それで？」

「曖昧な記憶なんですが、僕は園原さんに、ラージバーのことをたくさん喋ったと思うんです」

松本がメモを取る。

「まさか金庫の番号まで喋ったと？」

「それは言わなかったと思いますが、ただ、僕は金庫の番号を手帳に書いているんです」

そう言うと富沢はスーツの内ポケットから手帳を取りだして該当ページを刑事二人に見せた。

「これはいつも内ポケットに？」

「ええ。しかも店に入るといつも脱いで椅子やハンガーに掛けますから、トイレに行っている間に見ようと思えば見ることができます」

井場は小さく唸《うな》り声をあげる。

「見られたような気配は？」

「それは判りませんが……」

「ほかに園原さんを怪しいと思う点は？」

「雰囲気です。なんとなく感じるんですよ、園原さんに。どこか崩れたような雰囲気を」

「雰囲気ねえ」

井場は右手で後頭部を撫《な》でた。

「さきほどお訊きした従業員の二人ですが」

富沢の顔に新たな緊張が走った。

「あらためてお訊きしますがどう思いますか？　その、崩れたような雰囲気は？」

「それは……」

富沢はしばらく考えた。

「もしかしたらあるかもしれませんね」

「ほう」

「刑事さんに言われて、初めてそう感じたんですが……」

富沢は独特の嗅覚を持っているのかもしれない。井場はそう思った。

＊

美田秋子は薄暗い店内で札束を数えていた。

　ガチャガチャとドアの鍵を開ける音がする。秋子はドキッとして札束を数える手を止めた。秋子が目を遣ると静かにドアが開いた。

「もう換金したの？」

　入ってきた男が秋子の手元の札束を見て声をかける。

「そんなわけないでしょ」

　秋子が小声で言った。

「これは今日の売り上げよ」

「なんや」

　男は店の中にズケズケと入ってくる。

「ラージバーは？」

「まだ金庫の中よ」

　秋子は奥の金庫に視線を向けた。

「早くドアを閉めて」

　男は後ろ手でドアを閉めた。

「鍵も閉めて」

「用心深いな」

男が笑う。

「当たり前でしょ英仁」

男は秋子の息子、英仁だった。英仁は内側から鍵を閉めた。

「だけどよかったわね、成功して」

「ああ」

英仁は店の冷蔵庫から瓶ビールを取りだして栓を抜いた。

「でも安心はできないわ。警察だってバカじゃない」

「わかってる」

途端に英仁の顔が引きしまる。

「警察が来ても何も言っちゃダメよ」

「当たり前や」

「英仁は意外と気が小さいところがあるから心配なのよ」

「大丈夫やって。それより、いつ換金できるんや?」

「判らないわ」

「園原は何て言ってる?」

「もう少し待てって」

「金が手に入らなきゃ意味ないんやぞ」

英仁はビールを呷《あお》る。スマホの着信音が鳴った。秋子が素早く出る。

――はい。美田です。

一言、二言、話すと電話を切る。

「園原よ」

「何だって?」

「換金の目処《めど》が立ったたって」

英仁の顔が綻《ほころ》んだ。

＊

刑事課で〈ジュエリーTEN〉金塊窃盗事件の捜査会議が開かれている。

進行を担当する警部補が事件の概要を説明した。

「犯人は未だ捕まっていない」

「金塊は?」

「それもまだ見つかっていない」

捜査員の質問に警部補が答える。

「犯人の目星は？」

「容疑者は三通り考えられる」

説明を終えると警部補は自分の見解を開示し、部下の一人がそれをパソコンに打ちこみ、各捜査員に配布されたノートパソコンに送信する。

一、中島琢朗、原明美（〈ジュエリーＴＥＮ〉従業員）
二、園原克己（〈ジュエリーＴＥＮ〉を施工した工務店社長）
三、流しの窃盗犯

「以上だ。何か意見は？」

「〈ジュエリーＴＥＮ〉の従業員宅に家宅捜索をしたらどうでしょう？」

若手刑事が坐ったまま発言した。

「まだ捜索令状を取るほどの材料がない。これは園原克己にしても同じだ」

若手刑事は頷いた。

「ほかには？」

井場が手を挙げた。

「流しの窃盗犯の線は薄いのでは？」

「理由は？」

「普通、プロの窃盗犯というものは、強引に鍵を壊して、あるいは壁を壊して盗むものです」

捜査本部長が頷く。

「しかるに今回の窃盗犯は、鍵を開けて店内に侵入しています」

「ピッキングということも考えられるぞ」

「もちろんその可能性はあるでしょうが、過去の宝石窃盗犯の実例からして、そぐわない気がします」

「するとどうなる？」

「犯人は〈ジュエリーＴＥＮ〉の従業員か、園原克己、どちらかではないかと」

「どっちだ？」

「園原でしょうな」

井場はズバリと言った。

「なぜだ？」

「〈ジュエリーＴＥＮ〉の従業員二人も充分に怪しいとは思います。ただ、もし彼らが犯人なら、別の窃盗犯の仕業に見せるような細工をするような気がしますな。たとえば、店内を荒らすとか」

「まったく荒らされていませんでしたね」

松本の言葉に井場は頷く。

「事情聴取をした感じでも、彼らには犯人だという匂いがしませんでしたな」

「逆に園原が犯人なら、室内を荒らさないことで内部の者の犯行だと匂わせることができるか」

「その通りです。さらに園原と〈ジュエリーＴＥＮ〉は非常に近しい関係にあります」

「というと？」

「〈ジュエリーＴＥＮ〉を施工したのが園原工務店なんですわ」

「なるほど。しかし近しいとはどの程度だ？　個人的つきあいはあったのか？」

「二人は事件の二ヶ月前に一緒に酒を飲んでいます」

そのときの経緯を井場は報告した。本部長が考えこむ。

「園原は三人家族だったな」

「家族といっても、籍は入っていません」

井場の代わりに松本が立ちあがる。

「内縁関係か」

「はい」

「内縁の妻が美田秋子。四十八歳。その連れ子が英仁。二十八歳です」

「英仁は秋子と前夫との子だな?」

「はい。秋子の前夫は五年前に病死しています」

「園原が犯人だとした場合、単独犯か、それとも美田秋子と英仁も関わっているのか」

「店内がまったく荒らされていない手際から考えて、単独で犯行を行ったとは考えにくいと思います」

「三人の共犯か?」

「その線が濃いかと」

「ほかに気になる点はあるか?」

「園原は金に困っていました」

「ふむ」

「園原が経営する工務店。および秋子が経営するスナック。どちらも行き詰まっています」

「借金は？」

「消費者金融から園原が三千万円。秋子が二百五十万円の借り入れがあります」

会議室にざわめきが起こった。三千万円という数字は事件を起こすに充分な額だと多くの捜査員が感じたのだろう。

「さらに、園原には前科があります」

ざわめきが張りつめた空気に変わった。

「それは？」

「十年ほど前、窃盗で一度、検挙されています」

「驚いたな」

「窃盗の内容は？」

別の捜査員から質問が飛ぶ。

「勤め先の塗装店の金庫を狙いました」

「金庫か。今回の事件とも繋《つな》がるな」

「はい」

「後で資料を配ってくれ。秋子の方はどうだ?」

「秋子に前科はありませんが、息子の英仁はシンナーを吸って検挙されたことがあります」

「それぞれきちんと更生していればいいが……」

「窃盗もシンナーも一定の再犯率のある犯罪です」

本部長が頷く。

「今の段階では何とも言えんが、園原親子のアリバイをまず調べよう」

捜査員たちはそれぞれ散っていった。

＊

〈アルキ女デス〉の三人は玉造筋《たまつくりすじ》という大通りを歩いている。

JR大阪環状線の大阪城公園駅辺りで玉造筋から大阪城公園に足を踏み入れた。

大阪城ホールと野球場の間の道を通り、豊かな水を湛《たた》えた堀を渡ると大阪城の勇姿が目の前に迫ってくる。

「やっぱり大きいわねえ大阪城は」

静香が両手を空に向かって伸ばす。その先に天守閣が見える。

大阪城の天守閣は二度、焼け落ち、現在の天守閣は三代目。昭和六年（一九三一年）、大阪市民の募金で作られたものだ。また石垣も大坂の陣の後に徳川幕府がすべて入れ替えている。

「鯱《しゃちほこ》もくっきり見えるわ」

鯱とは、口から水を吐く伝説の動物で、火除《ひよ》けのまじないの意味で屋根の両端に取りつけられている。

「でも、来たのがちょっと早すぎない？」

辺りには誰もいない。

午前五時。

「しょうがないでしょ。朝まで呑んでたんだから」

「どうして旅先で朝まで呑んじゃうのよ。翌日の観光のことを考えたら普通は寝るでしょ」

「じゃあ、どうしてつきあったのよ」

ひとみは言葉に詰まった。その様子を見て静香は爆笑した。

「東子もよくつきあったわよね」

東子は小さく頭を下げる。

「でも東子はケロッとしてるわよ。ひとみみたいに文句も言わずに」

「悪かったわね」

ひとみは足を速める。

「そんなに急いだって天守閣は九時からしか入れないわよ」

ひとみは足を止めた。

「だったらどうすんのよ」

「梅林を散歩したら、いったんホテルに戻りましょ」

「梅林?」

「花は咲いてないけど、林になってて、とってもいい感じよ」

三人の左側に梅林が見える。

「そうね。行ってみましょうか」

ひとみの素直な返事を聞いて静香は梅林に入ってゆく。ひとみと東子がすぐに追いつく。

「あら」

東子が声を漏らした。

「なに？」

静香が振りむいて訊く。

「あそこに誰か倒れてます」

東子が指さす方を見ると、城壁の名残《なごり》だろうか、石垣の一部が地面から露出している部分がある。その上に土が小山のように盛られていて、その土の向こうに人の足のようなものが見えている。

「ホントだ」

ひとみが言った。

「やだ。酔っぱらいかしら。いやあね」

「静香、人のこと言える？」

「ひとみ、見てきてよ」

「なんでわたしが」

そう言いながらも人のいいところのあるひとみは見えている足先に向かって歩を進める。静香と東子もその後をゆっくりと追う。

「あ！」

小山を回りこんだところでひとみが声をあげた。

倒れている人物は二人いた。男と女だ。石垣が見えた反対側にも、やはり石垣が露出した部分があるが、その石垣を覆《おお》い隠すような形で男女二人が倒れているのだ。

静香と東子もひとみに追いつく。

「この人たち……」

「死んでる？」

ひとみが震える声で、誰にともなく尋ねる。二人の人物から発せられる〝気〟のようなものが、二人がすでに命のないものになっていることを告げている。

「血が出てるわ」

静香が呟《つぶや》いた。

傍《かたわ》らに包丁が転がっている。

「大変」

静香はしゃがんだ。

「ちょっと」

倒れている女の肩を揺する。

「まちがいない。死んでるわ」

軀の固さから静香はそう判断した。

ひとみは蒼い顔でバッグからケータイを取りだした。

＊

すぐに制服警官がやってきて、続いて鑑識、私服刑事たちが顔を揃《そろ》えた。

刑事は主に静香に事情を尋ねている。刑事にもらった名刺には大阪府警の高田重雄《たかだしげお》とある。

「君たちはどうして朝の五時に大阪城を歩いていたんや？」

「朝まで呑んでたのよ」

「朝帰りというわけか？」

「そうよ。そのまま飲み屋を出て、この辺りを散歩してたのよ」

「君たちは旅行客か？」

「ええ。東京から来たの」

高田重雄――五十代だろうか――が静香を値踏みするようにジロジロと見る。

「高田さん」

三十代後半と思しき男が高田に声をかける。

「自殺のように思えますすね」

高田は死体を見た。

「刃物が二本ありますが、それでお互いに刺しあったのではないでしょうか。つまり心中です」

「断定するな」

高田が窘《たしな》めるように言う。

「第三者による殺人かもしれないし、心中は心中でも無理心中かもしれない」

「だったら刃物は一本で済むのでは？」

高田は年下の刑事の言葉をしばし考える。

「身元は？」

「高田さん」

別の刑事が声をかける。

「身元が割れました」

高田の顔が引き締まる。

「女は美田秋子。スナック〈淀〉を経営しています」

「〈淀〉？」

高田には聞き覚えがあった。

「男は秋子の息子で英仁です」

「もしかしたら……」

報告した刑事は頷いた。

「窃盗犯担当が宝石店を襲った容疑者としてマークしていた人物です」

静香たちは刑事たちの遣りとりをボンヤリと聞いていた。

しばらくすると制服警官に連れられてスポーツ刈りの中年男性がやってきた。

「高田さん。園原さんです」

「お」

高田は思わず声を上げる。

「園原克己さんですな」

「はい」

「早速ですが、ご遺体を確認してもらいたいのですがな」

高田は目を遺体に向けた。園原は怖々とした様子で遺体に近づく。

「あ！」

園原はことさら大きな声をあげた。

「どうです？　奥さんですか？」

園原は無言で頷く。

「具体的に言いますと、美田秋子さんと英仁君で間違いないですか？」

「間違い、ありません」

園原は震える声で答えた。

＊

一通りのことを聞かれると静香たちは解放された。

三人はそのまま宿に帰らず、ファミレスに入って事件のことを検討することにした。

「またひとみは死体を発見しちゃったわね」

ひとみはギクッと軀を震わせた。

「罪を人に擦《なす》りつけるような言い方はやめてよ」

ひとみはコーヒーを一口、啜《すす》る。

「発見したのは三人一緒でしょ」

「あら、遺体の全体像を見たのはあなたが最初よ。だから発見したのはあなた」

「小学生みたいな屁理屈《へりくつ》はやめて」

ひとみの言葉に静香は反論しない。

「第一、あなたがわたしに〝見てきて〟って頼んだんじゃない」

「そうだったかしら」

「見つけたのはわたくしです」

「さすが東子。潔《いさぎよ》いわ」

「事実を言っただけじゃないの」

ひとみは心底あきれたが脱力して事実を指摘したに止《とど》めた。

「自殺でしょうか」

東子がコーヒーを啜ると話を元に戻した。

「そう見えるけど……」

「やめましょうよ。探るようなことは」

「でも死体を発見したのよ。ひとみが。それも二つも。否《いや》でも応でも関係者よ」

「さりげなくわたしのせいにしないでくれる？　わたしが発見したんじゃなくてみんなで発見したって言ったでしょ」

「まあいいわ」

静香も認めた。

「でもどうも腑《ふ》に落ちないのよ」

「どこが？」

結局、ひとみも話に乗ってきた。

「自殺するにしても、どうして大阪城で死ななければならなかったのか」

「知らないわよ。二人の思い出の場所だったんじゃないの？」

「それ、恋人同士なら判るけど、親子よ？」

ひとみは静香の言葉を考える。

「親子で心中なんてするかしら」

「事情によるでしょ。するときはするわよ」

ひとみもコーヒーを啜る。

「刑事さんが話してるのを小耳に挟んだんだけど」

「あなたの耳は大きいじゃない」

「ほっといてよ」

ひとみはサンドイッチをパクついた。

「あの親子、お金に困ってたそうよ」

「あたしも小耳に挟んだんだけど」

静香の耳は形がよく、大きさも顔に対してバランスが取れていた。

「あの母親には内縁の夫がいて、その夫は死んでないのよね」

「知ってるわよ。遺体の確認に来てたじゃない」

「そうだったわね」

「その夫は園原といって、工務店の社長よ」

ひとみの方が情報量は多いようだ。

「社長ねえ」

「社長といっても裕福とは限らないわよ。中小企業の社長なんて、みんな資金繰りに苦労してるってドラマでやってたわ」

「ひとみの情報源って、たいていドラマよね」

「それは静香でしょ」

「当たらずといえども遠からずね」

けなされたとは思ってないらしい。

「でもおかしいと思わない？」

「思います」

東子が口を挟んだ。

「奥様とお子様はご主人には何も話さずに心中したのでしょうか?」

「おかしいわよね」

「DVかもしれないわよ」

夫から暴力をふるわれる妻の話はよく聞く。また内縁の夫に暴力をふるわれ続け殺された幼い子のニュースもよく新聞に載っている。

「その線はあるわね。死体に、暴力をふるわれた痕《あと》はあったのかしら」

「それはわたしたちの領分じゃないわ。警察の領分」

ひとみが話を打ちきるように言った。

「でもひとみ。この事件に妙な縁を感じるのよ」

「縁?」

「そう。姫路城では千姫伝説に関わる事件に遭遇しちゃったでしょ」

「そうね」

「大阪城も、千姫が住んでたんですものね」

そう言うと静香はコーヒーを飲みほした。

＊

〈園原工務店〉のドアが開いた。

園原が目を遣ると、背が高く、頭を短く刈り、整った顔立ちの四十歳前後の男が立っている。従業員の芝尾寅泰《しばおとらやす》である。

「社長」

「今日は仕事はない」

「判っています」

芝尾は丁寧にドアを閉めると園原に一礼した。

「この度は、大変なことが起きてしまいまして」

「そう鯱張《しゃちほこば》るな」

「はい」

「まあ坐れ」

芝尾は自分の席に坐った。

「何かお力になれないかと思いまして」

「すまんな。だが特にない」

「会社が大変な時です。遠慮なく言ってください」

「だったら競馬で大穴を当ててくれ」

「え？」

芝尾がキョトンとした顔をする。

「お前の得意な競馬でな」

「得意だなんて……。好きなだけです。相変わらず負け続けで」

「うちの給料じゃ生活も苦しいだろう」

「それは……」

芝尾は答えに窮した。

「お前の暮らしぶりは社長である俺がよく判っている。どうだ。軍資金を貸そうか？」

「え？」

「といっても今すぐにはダメだ。いずれな」

どういうわけか園原の顔は笑っているように見えた。

＊

当初、遺体の状況から、母子の死は自殺……心中と思われた。

捜査一課の刑事たちが殺人も視野に入れて捜査に入ったが、流れはおおむね自殺という線に傾いていた。

だが……。

遺体の身元が判明すると事態は一変した。遺体は美田秋子、英仁母子だった。この両名は、先に起こった宝石店金塊窃盗事件の重要参考人として捜査線上に上がっている人物だったのだ。

俄然《がぜん》、殺人という線が大きく立ちあがってきた。

ただちに捜査本部が結成された。また、先に金塊窃盗事件により捜査をしていた刑事たち数名も捜査陣に加わることになった。二つの事件には密接な関係があると推察されたからである。

井場刑事と松本刑事も、両名の通夜の席に園原克己を訪ねた。

「このたびはご愁傷様です」

園原は沈痛な面持ちで頷く。

「このようなときに大変心苦しいのですが、少しお尋ねしたいことがあります」

「何でしょうか？」

園原は怪訝そうな顔を刑事に向ける。

「今回のお二人の死について、何か心当たりがありますか？」

「ありません」

園原は即座に答える。

「まったく？」

「はい」

「お二人はお金に困っていた」

「だからといって死ぬようなことは」

「そういえばあなたも資金繰りにはご苦労なさってる」

「何が言いたいんです？」

園原は気色ばんだ。

「お気を悪くしないでください。事実の確認をしなければならないんです」

「たしかに私の商売もうまくいっていない。しかしそれがどうして二人の死に結びつくんですか」

「お二人の死は経済的なものではないとお考えですか？」

「判らないんです」

「美田秋子さんが誰かに恨まれているようなことは？」

園原は顔をあげた。

「殺されたとでも？」

「自殺、他殺、両面から捜査をしています」

「他殺……」

「実はお二人が、宝石窃盗に関わっていたのではないかという情報もあるんです」

「え？」

園原の顔が歪《ゆが》んだ。

「どういう事ですか？」

「キタの宝石店〈ジュエリーＴＥＮ〉をご存じですか？」

「〈ジュエリーＴＥＮ〉……知っています」

「あなたが施工した」

「はい」

園原は警戒するような返事をする。

「その宝石店から金塊が盗まれた」

園原は唾を飲みこんだ。

「ニュースで見ました」

「その件で、あなたにもお話をお聞きするつもりでした」

「私に？」

「そうです」

「どうして私に……」

「こんな時に何ですが、窃盗事件のことで何か事情を知っているのではないかと思いましてね」

園原は首を左右に振る。

「知るわけないでしょう」

井場刑事は園原の顔をジッと見た。

「もう一度お訊きしますが、美田秋子さんと英仁さんが亡くなったことについてお心当たりは？」

「ありません。自殺するなんて考えられない」

「どうしてですか？」

「それは、一緒に暮らしてれば判りますよ。自殺する兆候が全くなかった」

「では他殺だと？」

「それは判りません。もし殺人なら一刻も早く犯人を逮捕してもらいたい。そのためには協力を惜しみませんよ。でも私自身は警察に伝えるだけの情報を持ってない」

「二人に恨みを持っている人は？」

「思いつきません」

「金塊窃盗事件があった直後、我々が参考人としてマークしていた人物が二人とも死んだ。これは偶然ですか？」

「参考人としてマークしていた、という時点で私には理解不能です」

「あなたも参考人の一人です」

「私は平凡な一市民です。死んだ秋子も英仁も。私の妻であり子供だ」

「お子様といっても血は繋がっていない。奥様の連れ子でいらっしゃる」

「可愛がっていましたよ」

園原は答えた。

「親子三人、たとえ血は繋がっていなくても、仲良く暮らしていました」

「しかし」

「もうヘトヘトです。この辺で終わりにしてください」

井場はしばらく園原を見つめていたが、やがて頷いた。

「判りました。また明日にでもお話を聞かせていただくとしましょう。大変な時にご協力ありがとうございました」

　刑事二人が帰ると園原は深い溜息を漏らした。

*

〈アルキ女デス〉の三人はスナック〈淀〉に向かって歩いていた。

「〈淀〉に行けば何か判るの？」

「行かないよりはいいでしょ」

「そりゃそうだろうけど」

「〈淀〉の隣の店の人とか、きっと何か有益な情報を知ってるはずよ」

「知ってたとしても、わたしたちに教えてくれるかしら？」

「そこは訊きかた次第よ」

　静香は至って楽天的に考えている。

「できれば〈淀〉でも飲んでみたかったわね」

「やめてよ」

　静香の言葉にひとみは軀をブルッと震わせた。

「殺された人がやってた店よ」

「店で殺されたわけじゃないでしょ」

遺体を発見したのは大阪城の梅林だ。

「死んでた人、けっこう美人よね」

「顔をちゃんと見たの？」

「新聞に出てるわ」

静香は小脇に抱えていた新聞をひとみに渡した。

「ホントだ」

歩きながらその場でめくって該当記事を見つけるとひとみが言った。

「あら」

店が近づいてきたところで静香が足を止めた。

「どうしたのよ」

ぶつかりそうになったひとみが静香の背中に手をついた。

「誰かいるわ」

見ると、ドアの閉まった〈淀〉の前で、目を瞑り手を合わせている四十歳前後と思しき男性がいる。背が高く、頭を短く刈り、なかなか整った顔をしている。

「さっそく関係者に話を聞けるわよ」

静香が足を速めた。

「ちょっと」

ひとみが引きとめようとするが人の話を聞く静香ではない。あっという間に男性に近づき声をかけた。

「すみません」

男性は目を開け静香を見る。

「このお店の人と知りあいですか?」

「そうですが」

男性は怪訝そうな顔で静香を見る。ひとみと東子が追いついた。

「少しお話を聞かせていただけませんか?」

「あなたは?」

「こういう者です」

静香は名刺を渡した。

「早乙女、静香……」

「星城大学の准教授です」

男性は呆気《あっけ》にとられたように口を開けた。

「大学の先生が、どうして……」

「あたしたち、事件のことを調べているの」

「事件のことを？」

「そうよ」

「どうしてまた」

「あたしたちが遺体を発見したからよ」

「え？」

男はギョッとした顔を見せた。

「あなたがたが……」

「正確にいうと〝あなたがた〟じゃなくてこちらの翁ひとみ嬢が」

遺体を発見したのは三人同時だったこと。発見したからといってどうして事件の調査に首を突っこまなければいけないのかということ……。あまりにたくさんの反論をしたいがためにかえって何も言えないひとみだった。

「それでこの店に……」

「そういうこと。あなたは？」

「私は……」

男はポケットをあちこち探しだした。名刺を探しているようだ。

「こういう者です」

ようやく取りだした名刺を静香が受けとる。

——園原工務店
　芝尾寅泰

「園原工務店……」

「はい」

「聞いたことがあるような……」

「静香」

ひとみが声をかける。

「殺された美田秋子さんの内縁の夫がやってる工務店よ」

「あ」

思いだしたようだ。

「その通りです」

二人の会話を聞いていた芝尾が答えた。

「あなた、その園原さんの工務店で働いている人なの？」

「はい」

「ちょうどよかった。話を聞かせてもらえるかしら？」

事情がまだよく飲みこめていないのか、芝尾は怪訝そうな顔をしながらも頷いた。

3

二回目の捜査会議が開かれている。

「事件を整理してみよう」

一課の警部補が進行係を務める。助手を務める刑事がホワイトボードに警部補の言葉を箇条書きにしてゆく。

【第一の事件】
金塊窃盗事件
〈ジュエリーＴＥＮ〉において時価六千二百万円相当の金の延べ棒（ラージバー）

が二本、盗まれた。

【第二の事件】

美田秋子、英仁の母子死亡事件

「初めは盗難事件として三課が捜査に当たっていた」

井場が頷く。

「しかし第二の事件が起きて様相は一変した」

本部長が口を挟んだ。

「第二の事件で死亡した美田秋子、英仁の両名が、第一の事件である金塊窃盗事件の重要参考人であったのです」

警部補が補足する。

「つまりこういう事が考えられる」

本部長は咳払《せきばら》いをする。

「第一の事件である金塊窃盗事件の犯人は、こちらが睨《にら》んだ通り、やはり美田秋子、英仁が絡んでいた。しかしその後、仲間割れが起き、美田秋子と英仁が殺害された」

本部長の言葉に会議室が一瞬、沈黙に包まれた。

「その場合、美田秋子と英仁の仲間とは、園原克己を指す、ということですね？」

「そうだ」

「つまり、園原克己が美田秋子と英仁を殺したと」

本部長は無言で頷いた。

「金塊窃盗の犯人の可能性がある三人のうち、二人が死んで園原だけが生き残っている。これをどう見るかだが……」

「秋子と英仁が自殺だとすると、動機が判りません」

松本が言った。

「たしかにそうだな」

「金塊を盗むことにまんまと成功した。その直後に自殺とは理屈が通らない」

「殺人を犯した犯人が獄中で自殺するケースはありますが、窃盗の直後に自殺とはあまり聞きませんね」

「では殺人か？」

本部長が捜査員たちを見回す。

「その場合、犯人の動機は？」

「本部長が仰《おつしや》った仲間割れという線が強いと考えられます」

松本が発言した。

「園原と美田母子は血は繋がっていません。法律的にも入籍しているわけではありません。あくまで同居しているだけで、三人の間に本当に愛情があったのかは判りません」

「家族として同居していたわけではなく、犯行グループとして同居していたと？」

「そこまでは言いませんが……。もしこの三人が犯行目的に集まっていたのだとしたら、仲間割れはありえます。あるいは最初は家族らしい愛情を持って同居に至ったのかもしれませんが、一緒に暮らしているうちに愛情が冷めていったとか……。血の繋がった家族でも殺しあいはしょっちゅう紙面を賑《にぎ》わせているくらいですから」

「たしかに……」

「二人が死ねば園原の取り分が多くなります」

「取り分といっても、同じ財布の三人だ。なにも殺さなくても」

「いや」

本部長が遮る。

「松本が言ったように実際の夫婦の間でも殺人はあるじゃないか」

捜査員たちが頷く。誰もそのような事件に、一つや二つは関わった経験があるのだろう。

「盗難に遭った金塊は総額一億二千万円相当だ。これを三人で割ったら一人頭四千万円」

「一度、手にしてみたい額です」

「私もだ」

会議室に初めて小さな笑い声が起きた。

「だがそれが三倍になるとしたら？」

松本が唾を飲みこむ。

「四千万円でも充分に大きな金額だが、それが一億二千万円になるとしたら」

「愛人がいるかもしれないな」

井場が呟いた。

「愛人？」

「もし園原に秋子以外の愛人がいたとしたら、秋子を殺す動機の補強になるんじゃないですかね」

「なるほど」

本部長は頷いた。

「その点も要チェックだな」

捜査員たちがメモを取る。

「園原がホンボシですね」

松本が言った。

「そういう事が考えられるというだけで、それが真相だと確定したわけではない。ゆえに今後の捜査も多面的に、自殺、他殺、さらに園原以外の複数の容疑者を視野に入れながら行われなければならない」

捜査員たちが頷く。

「だが単純に考えて、二つの事件が間をおかず連続して起こったことを考えれば、二つの事件に大きな関連があると考えて、まず間違いないだろう」

「そう思います」

井場が言った。

「その線を念頭に置いて捜査に当たってくれ」

捜査員たちは各自の持ち場に消えていった。

＊

大阪城天守閣に入るとすぐに金明水井戸があった。

「やっぱり金塊があったわ！」

井戸を覗いた静香が叫んだ。静香の声に誘われてひとみも井戸を覗く。井戸口には金網が嵌《は》められていて中が見えにくいが、井戸の底がなんとか見える。

「あれは硬貨。お賽銭《さいせん》よ」

大阪城天守閣を訪れた観光客が金網越しに投げこんでゆくのだろう。

「ごめんなさいね。こんなおバカで」

「いえ」

ひとみが静香のことを謝ると、芝尾は恐縮したように小さく頭を下げた。

「あそこのベンチに坐りましょうか」

静香に促されて四人は天守閣内のベンチに坐った。

「早速ですけど、芝尾さんはどうして〈淀〉に？」

「ママの美田秋子さんとは顔馴染《なじ》みですから」

「どういうお知りあい？」

「よく店に社長の届け物をしていたんです」

「園原さんの？」

「はい」

芝尾は頷く。

「社長は忙しい人で、出張も多かったので、そんなときには何かと奥さんの面倒を見るように社長から頼まれていました」

「そう」

「時には店の手伝いをすることもあります」

「料理とか？」

「それもありますね。実家が漁師でしたから、魚を捌《さば》くのは得意なんです」

「それは重宝ね。園原社長も店を手伝うことがあるのかしら。それで芝尾さんも？」

「いえ。社長は人の血はおろか魚の血も見るのがダメで、魚は捌けません」

「そうだったの。その分もあなたが面倒を見ていた……。よっぽど信頼されていたのね」

「とんでもない」

芝尾は即座に否定した。

「私みたいな半端者……」

「半端者？」

「ええ」

芝尾の顔に暗い影が差した。

「実は私は、昔ギャンブルに嵌まって身を持ち崩しそうになっていたんです。そこを社長に拾ってもらったんです」

「そうだったの」

「社長にはいくら感謝してもしきれません」

芝尾はしんみりとした口調で言った。

「今では安定した生活を送ってるってわけね」

「まだまだ借金だらけですよ」

芝尾は自嘲気味に笑った。

「園原社長はギャンブルは好きなの？」

静香が思いついたように尋ねる。

「もちろんです」

芝尾はすぐに答える。

「私よりも豪快ですよ」

「そう」

静香は何かを考えこむように黙りこんだ。

＊

〈千姫〉というピンクの文字が光る電飾看板が見えた。

「入りましょうか」

静香が言う。ひとみと東子は頷いた。

〈千姫〉は〈淀〉の隣にあるスナックだ。中に入ると、客は誰もいなかった。

「いらっしゃい」

すぐにカウンターの中にいる二十代後半と思しき女性が声をかけてくる。美人で明るそうな女性だ。隣には背の高い、かなりのイケメン男性が立って、静香たちに会釈をした。

「バドワイザーを三つ」

静香の注文に女性が返事をすると男性が用意を始めた。女性がママで、男性がバーテンダーのようだ。

「あなた、千葉さん？」

三人の前にビールが置かれると静香は女性に訊いた。

「え？」

女性は顔をあげた。

「千葉弘美さんよね？」

「そうですけど」

女性が少し怪訝そうな顔をする。

「あなたは古茂田竜二さん」

「どこかでお会いしましたっけ？」

女性も男性も、自分たちが千葉弘美であり古茂田竜二であることを認めた。

「いいえ」

静香は首を横に振った。

「だったらどうして……」

「芝尾さんに聞いてきたの」

「芝尾さん……。あの人と知りあいなの？」

「ええ。知りあったばかりだけど」

千葉弘美が警戒するような顔を見せた。

「どのようなご用件ですか？」

「事件のことを調べているのよ」

弘美と竜二の間に緊張が走った。

「事件というと……」

「美田秋子さんと英仁さんが亡くなった事件」

「あなたがたは？」

「歴史学者」

静香たちは名刺を渡した。

「大学の先生がどうして事件のことを？」

「あたしたち、遺体の発見者なのよ」

「え」

「それにあたしたち、過去にも殺人事件をいくつも解決してるから」

静香は事情を説明する。

「さっき偶然、芝尾さんに会って話を聞いたのよ。そのときに〈千姫〉のママは美田秋子さんと親しかったんじゃないかって聞いて」

「そうだったの」

弘美はようやく納得したようだ。

「でも、話すことは何もないわよ。警察にすべて話したから」

「もう一度聞かせてくれない？」

静香の図々しい申し出に、千葉弘美と古茂田竜二は顔を見合わせた。

「判る範囲でいいから」

「しょうがないわね」

弘美も諦めたようだ。

「でもそんなに親しくなかったのよ」

「え？」

「そりゃあね、隣だから、それなりに話はしたけど」

「バーベキューにも行ったじゃないか」

竜二が口を挟んだ。一瞬、弘美が竜二を睨んだのをひとみは見逃さなかった。

「かなり親しいみたいね」

「たまたまよ」

弘美は煙草《たばこ》を取りだして口に銜《くわ》えた。

「隣だから、たまたまそういう話になって」

「お客さんも交えて？」

「いいえ」

弘美は煙を吐きだす。

「二つの店の従業員だけで行ったわ」

「具体的には？」

「〈淀〉が園原さんと美田秋子さん、英仁さんの三人。うちが、わたしと古茂田君」

竜二が頷く。

「それだけのつきあいがあるなら、何か感じるところがあるでしょう。今回の事件に関して」

「事件といっても……あれは自殺じゃないのか？」

竜二が訊き返す。

「自殺にしてはおかしなところがあるの」

「動機がないわよね」

弘美も積極的に話す気になったようだ。

「たしかにお店の経営は苦しかったみたいだけど……。でも死ぬようなタマじゃないのよ、秋子さんは」

「そうだな。どこか不貞不貞《ふてぶて》しいというか」

竜二も同意する。

「貴重な意見ね」

「それに……」

とつぜん弘美が思いつめたような顔をした。

「英仁が自殺するわけない」

「英仁？」

「あ、いえ」

弘美は煙草を灰皿で揉《も》み消した。

「なんでもない」

「もしかして千葉さん……」

「英仁さんの性格はよく知ってる。とにかく、母子とも自殺なんか絶対するようなタマじゃないのよ」

「そう」

弘美の言葉に静香は納得した。

「鍵を握っているのは金塊窃盗事件よ」

ひとみの言葉に竜二がゴクリと唾を飲みこんだ。

「警察は金塊を盗んだ犯人として美田親子を疑ってるみたい」

「園原さんもよね？」

弘美が怖々といった感じで訊いた。

「そう。その点からも、二つの事件には関わりがあると思われる……自殺じゃなくて事件って感じ？」

「そうね」

「金塊の窃盗事件の方は心当たりはない？」

「そう言われても……」

弘美は竜二をチラリと見た。

「宝石店の窃盗に関してはあの親子が三人とも怪しいと思う」

竜二が弘美に促される形で言った。

「どうしてそう思うの？」

「園原さんはうちの店でもたまに飲むんだけど」

「あらそうなの」

静香はチラリと弘美を見た。弘美はどこを見るともなく煙草を吹かしている。

「ああ。その時の雰囲気というか……。多少の犯罪行為はちっとも悪いと思っていない節が感じられたな」

静香は弘美に視線を移す。

「そうなの？」

「どうかしら」

惚《とぼ》けているのか、竜二とは違う印象を持っているのか……。

「言葉の端々からそんな感じを受けるんだけどね」

竜二がグラスを拭きながら言う。

「だけどそうなると、どうして美田秋子と英仁だけが心中したのかがやっぱり判らなくなる。もしかしたら……」

そこまで言って竜二は口を噤む。

「園原が二人を殺した」

助け船を出すような静香の言葉に竜二は頷いた。

「いくらなんでもそんな……」

弘美の顔が蒼くなった。

「でも仲間割れってこともあるわよ」

「仮にも一緒に暮らしてたのよ。実質的な夫婦であり親子なのよ」

「やけに園原さんの肩を持つのね」

「肩を持つって……誰かのことを〝あの人が殺人事件の犯人だ〟なんて無責任に言えるわけないでしょ」

「千葉さんが正しいわ」

静香が弘美の発言を認める。

「でも」

また竜二が口を挟む。

「内縁の夫が連れ子を虐待、暴力の挙げ句に殺してしまう事件をしょっちゅうニュースで観るけどな」

「たしかにそうね」

静香は竜二の言葉に納得した。

「つまり園原が秋子と英仁を殺したとしてもおかしくないと……」

「普通はあり得ないんだろうけど、なにしろ巨額な金が絡んでいる。人間、金が絡むと心が鬼になる」

「あなた、哲学者になれるかもね」

静香の言葉を戯《ざ》れ言《ごと》と取ったのか、竜二は鼻で笑った。

「でもたとえ殺人事件の犯人が判ったとしても、一つ問題があるわ」

「なに？」

弘美が訊いた。

「盗んだ金塊は今どこにあるのかしら？」

弘美と竜二が顔を見合わせる。

「そうよね」

静香と意外に息が合うのか、弘美がすぐに応える。

「金塊が見つからない限り金塊窃盗事件の犯人も見つからないし、秋子、英仁母子死亡事件の真相も判らないのよ」

ドアが開いた。五人は一斉にドアを見る。

「園原さん」

「あら」

入ってきたのが園原克己だと弘美の呼びかけで判った。

「弘美。取りこみ中か？」

弘美が一瞬、返事に詰まる。

「園原さん。釈放されたの？」

「誰だおめえは」

園原がギロリと静香を睨む。

「早乙女静香。歴史学者よ」

静香は名刺を渡すと事情を説明した。

「それで？」

園原はソファにドッカと腰を下ろし静香を睨んだままだ。

「俺が犯人ってか？」

「まだ決まってないわ」

「だがそう決めてかかってる」

「被害妄想ね」

園原はプイと横を向いた。

「話を聞かせてもらいたいのよ」

「何のために？」

「真相を摑《つか》むためよ」

「何が訊きたい」

「あなたの仕事の内容」

「工務店を経営している」

「〈ジュエリーTEN〉の施工も請けおったのよね」

「仕事だからな。だが宝石店ばかりを施工しているわけじゃない。大阪城だって」

「大阪城？」

「公園や道路……。それに城周りの補修工事をやったことがある」

「あらそうだったの」

「もういいか？　今夜はこの店でじっくり飲みたいと思ってきたんだ。〈淀〉はもうやってないからな」

静香はビールを飲みほすと、ひとみと東子を促して店を出た。

＊

三回目の捜査会議が開かれていた。

「なんとしてもラージバーの隠し場所を探しだすんだ」

本部長が力を入れる。

「美田秋子、英仁母子死亡事件も、金塊の隠し場所が鍵を握っている。隠し場所が判れば犯人も判る。そうなれば、必ず美田秋子、英仁死亡事件に繫がってゆく」

本部長が松本に視線を向ける。

「進展は?」

「それが……」

松本は立ちあがった。

「ラージバーは美田秋子の自宅にはありませんでした」

「次は園原の事務所だが……」

「現在、捜索令状を請求しています」

「令状が取れ次第、徹底的に調べるんだ」

「はい」

「加えて、園原が立ち寄りそうな場所も徹底捜査だ」

ドアが開いて西大阪署の若手刑事が入ってきた。

「鑑識から報告です」

「何だ?」

「包丁の持ちかたに関してです」

「報告してくれ」

若手刑事がホワイトボードの脇に進んだ。

「鑑識の調査結果ですが、凶器である包丁に付着していた指紋のつきかたが不自然だということです」

「不自然とは？」

「普通、包丁を持ったときには指と指は隙間なく密着しているものですが、使われた包丁から検出された秋子の指紋は、わずかに隙間が空いているということです」

「つまり……」

「秋子は自分で包丁を持ったのではなく、第三者にむりやり持たせられた疑いが強いそうです」

室内にざわめきが起きた。

「すなわち他殺の疑いが強いということだな」

「はい」

本部長は大きく頷く。

「そうなるとホンボシは園原が最有力だ」

「ですね」

「園原を今まで以上に徹底的にマークしろ」

捜査員たちは一斉に気合いの入った返事をした。

＊

〈アルキ女デス〉の三人はホテルの露天風呂にノンビリ浸かりながら事件のことを話しあっていた。

「時系列的に言うとまず金塊窃盗事件があったのよね」

静香が右手で湯を掬《すく》い、左の上腕にかけながら言う。上腕の肌が湯を弾《はじ》く。

「その犯人は園原克己、美田秋子、英仁の三人と目されている」

静香の左隣にいるひとみが言葉を継ぐ。

「そのうち、美田秋子と英仁の実の親子が、心中に見せかけて殺された……可能性が高い」

「そして金塊はまだ見つかっていない」

「単純に考えれば園原が二人を殺したとも思えるけど」

「けどなに？」

「思えるだけで、実は事件の真相は何も判ってないのよね」

「悔しいわ」

「あらひとみ。あなたでも事件に対して〝悔しい〟なんて感情があるんだ」

「当たり前でしょ」

「さすが名探偵」

「茶化さないで」

「事件解決に躍起になってるのはあたしだけかと思ってた」

「そんな事ないわよ。東子だって」

ひとみに名指しされた東子は、無言で頷いた。

「そうよね。東子はおとなしそうな顔をして意外と殺人事件が好きなのよ」

東子は黙っている。それが〝否定しない＝肯定〟と同じ意味だと認める覚悟はできているようだ。

「事件解決に至る道筋はないものかしら」

静香の言葉に、ひとみと東子は考えこんだ。

「この事件」

最初に口を開いたのは東子だった。

「やはり大阪城が真ん中に鎮座しているような気がします」

「チンザって何だっけ？」

「本来の意味は神霊が留《とど》まることだけど、そこから一般的には〝どっかり坐ってい
る様子〟を意味するわね」

静香の質問にひとみが答える。

「チンザノが飲みたくなった」

イタリアのリキュールである。

「それで？」

静香にかまわずにひとみが東子に話の続きを促す。

「まず二つのご遺体を発見した場所が大阪城です」

「そうね」

「それに、美田秋子さんとご子息の英仁さんのお二人が、わたくしには淀君とその
子、秀頼の二人に重なって見えるのです」

「秋子と英仁が、淀君と秀頼に？」

東子は頷いた。

「どういう事よ」

「大阪城で亡くなったからでしょうか？」

「なるほど」

ひとみが相槌を打つ。

「秀吉亡き後の大阪城で……。そうか。秀吉が死んで淀君は未亡人になったけど、秋子も夫が亡くなって未亡人だもんね」

「はい」

「だとしたら、園原が家康かしら」

ひとみが言う。

「園原さんが？」

「そうよ。だって淀君と秀頼は家康に殺されたのよ。自害だけど、大坂夏の陣で家康に攻められて、逃げ場がなくなっての自害だもんね」

「ちょっと待って」

静香が目を瞑ったまま言った。

「秀頼って本当に秀吉の子だったのかしら？」

「どういう事でしょう？」

東子が小首を傾《かし》げて静香に訊く。

「ひとみなら判るわよね？」

「わかるわ」

そう答えてから、静香が東子よりも自分に信頼を寄せてくれたことにチョッピリ喜びを感じた自分を叱《しか》った。

(わたしは歴史学者なんだから素人《しろうと》さんより信頼されるのは当たり前。たしかに推理力に関しては桜川東子には一目置かなくてはならないけど)

東子が乞うような目でひとみを見つめる。ひとみは咳払いをした。

「秀吉は正妻であるおね、通称、北政所《きたのまんどころ》との間には子供が生まれなかったのよ」

「そうだったのですか」

「秀吉が二十五歳の時に結婚してるから、秀吉が亡くなる六十二歳まで四十年近くも子供ができなかった」

「側室だってたくさんいたでしょうに」

「そうなのよね。側室は百人ぐらいいたのよ。その側室にも、ただ一人として子供ができなかった」

「百人もいたのですから、若い時に一人ぐらい夭折《ようせつ》したお子様がいたかもしれません」

「かもしれないけど、秀吉が突出して子供ができないタイプと考えて間違いないわよ」

「それが淀君と結んだ途端に子供ができるって、どう考えてもおかしいでしょう」

静香が割って入る。

「これは淀君の一世一代の大勝負ね」

静香の頰《ほお》が湯のせいか話に興奮してきたせいか赤くなっている。

「淀君は秀吉以外の男と床を共にした。身籠もるために。そして身籠もった子を秀吉の子として報告するために」

「秀吉は遠征も多かったでしょうからチャンスはいくらでもあったはずよね」

「危険な賭けだけど……淀君はその賭けに勝ったのよ」

「では秀頼は実際には誰の子供だったのでしょう？」

「秀吉の家臣の大野治長《おおのはるなが》か。あるいは大野治長や石田三成《いしだみつなり》に命じられた名も知れぬ若い男とか」

「それが淀君の浮気相手ってわけか」

「そう、ね……」

静香の目が泳いだ。

「静香？」

「ちょっと待って」

「ちょっとだけよ。わたしは静香と違って長風呂じゃないのよ」

「浮気相手……」

「あなたカレシがいるのに浮気してるの？　言いつけるわよ」

「秀頼って気弱なタイプだったんじゃないかしら？」

「知らないわよ。面識がないもんで」

「魚に馬……」

「は？」

「頭の中のいろいろな情報が高速で回り始めたの」

「あなたいつもそんな状態じゃないかしら？　ただ回りっぱなしでピタッと止まることがないけど」

「止まった」

「え？」

「判った！」

静香が勢いよく立ちあがった。静香の裸身が浴場に屹立《きつりつ》し、その肌から湯が弾け散る。ひとみは一瞬〝ミロのビーナスのようだ〟と感じた。

「判ったって、何が？」

「すべてよ」

「すべて？」

「そう」

「犯人も？」

静香は頷いた。

「さすがお姉様」

東子の言葉に返事もせずに静香はサッサと浴場から出ていった。

＊

静香は主立った関係者を大阪城に集めた。

自分を含めた〈アルキ女デス〉の三人。

〈園原工務店〉の園原克己。芝尾寅泰。

〈千姫〉の千葉弘美。古茂田竜二。

〈淀〉の従業員だった藤ノ川拓。

〈ジュエリーＴＥＮ〉の富沢隆信。中島琢朗。原明美。

そして井場刑事、松本刑事である。

「いったいどういう事なんだ」

松本刑事が苛立《いらだ》たしげに静香に詰めよる。

「犯人が判ったの」

静香の言葉に、みなギョッとしたように目を剝《む》いた。

「ふざけるな」

松本が吐き捨てるように言う。

「警察だってまだ判ってないんだ」

いきりたつ松本刑事を井場刑事が手で制した。

「犯人が判っているなら聞かせてもらおうか」

「犯人は、こ、この中にいるわ」

決めゼリフを言おうとして少し焦ったようだ。

「この中に?」

松本刑事が聞きかえすと静香は頷く。

「誰なんだ?　犯人は」

松本刑事はそう言うとゆっくりと視線を園原に向けた。釣られるようにみなが園原を見る。

「俺じゃない」

園原は呻《うな》るように言った。井場刑事が冷徹な目で園原を見つめている。

「園原さんじゃないわ」

「え？」

「どういう事だ」

富沢が叫ぶように言った。

「警察でも最重要容疑者としてマークしていたんじゃないのか？」

富沢の言葉に松本刑事は思わず頷いた。

「でも違うのよ」

「どう違うんだ。説明してもらおうか」

「順を追って説明するわ」

そう言うと静香は千葉弘美を見た。

「鍵はやっぱり大阪城にあるの」

「大阪城に？」

静香は頷く。

「大坂夏の陣で秀吉の遺児、秀頼とその母、淀君が死に追いこまれたのが大坂城だったわね」

「それが？」

「今回の事件……自殺じゃなくて他殺でいいのよね？」

静香が視線で井場刑事に問う。

「他殺です」

井場刑事は断言した。

「その前提で話をするけど、あたしは殺された美田秋子と英仁の母子が、淀君と秀頼の母子に重なって見えるのよ」

東子の意見だ、とひとみは思った。

「大阪城で死んでいたことを考えれば、そう思っても不思議ではありませんな」

井場が小馬鹿にしたような笑みを浮かべながら言う。

「それに大阪城には金塊が隠されているという伝説もあるの」

「聞いたことがあります」

「その点でも、金塊窃盗事件に繋がる秋子、英仁の母子は、淀君、秀頼を連想させるわ」

「秋子、英仁母子が淀君、秀頼母子を連想させると、どうなるんです？」

「事件の真相が見えてくる」

「それを教えてもらいましょうか」

「淀君が浮気をしていたかもしれないってことはご存じ？」

「知りませんな」

静香は露天風呂でひとみが披露した説をみなにも説明した。

「つまり秋子さんも浮気をしていたと？」

「なに」

園原がいきりたった。

「さすが主任刑事さん。判りが早いわ」

井場刑事は相変わらず笑みを浮かべているが、松本刑事は不愉快そうな顔で静香を見つめる。園原も興奮した様子で静香を睨む。

「秋子さんは籍こそ入れてなかったけれど、実質的には園原さんと夫婦生活を送っていたんだから、その状態を続けながらほかにも恋人を作ったらそれは愛人、浮気ってことよね」

「通念上はそうなるでしょうな」

「それを暴くことは亡くなった人の悪口になるかもしれないけど、事件解決には必要なの」

「どうして必要なんですか?」

芝尾が口を開いた。

「その浮気相手が犯人だから」

みな息を呑んだ。

「誰なんだ、その浮気相手は?」

園原が静香に詰めよる。

「芝尾さん、あなたよ」

みな目を見開いた後、芝尾に視線を移す。

「僕が?」

芝尾が驚いた顔をする。静香は芝尾を見つめたまま頷く。

「芝尾」

園原が芝尾を睨む。

「いい加減なことを言わないでくれ」

「そうだ」

松本刑事が芝尾に加勢した。

「違ってたら名誉毀損になるぞ」

「殺人を見逃すよりはいいでしょ」

静香がキッと松本刑事を睨む。

「下衆《げす》の勘ぐりはやめてくれ」

芝尾が凄んだ。

「言わなければいけない事よ」

「どうして秋子さんと芝尾さんが愛人関係にあったと思うんだね？」

井場刑事が静香に訊く。

「園原さんと美田秋子は、内縁の夫婦といっても、仲睦《むつ》まじいというわけでもなかったんじゃないかしら」

「勝手に決めつけないでくれ」

園原が言った。

「でも園原さんはあまり家には寄りつかなかったって聞いたわ。仕事が忙しくてね」

「だからって」

「そして家に寄りつかない園原さんの代わりとして、芝尾さんが園原さんの荷物などをよくお店に運んでいたんですってね」

「園原さんに頼まれたんだ。しょうがないだろう」

「そうだけど、あなたと美田秋子が親しくなるチャンスはいくらでもあったって事でもあるわ」

「社長の奥さんとして親しくしていただけですよ」

「芝尾。正直に言え」

「園原さん。あなたに奥さんと芝尾さんを責める資格はあるかしら」

「なに」

「あなたと千葉弘美さんもかなり親しいと聞いたけど」

弘美が小さく口を開けた。

「一緒にバーベキューにも行く仲よね」

「ふざけるな。二人で行ったわけじゃない。家族ぐるみだ」

「あなたが〈淀〉に来た時、弘美さんのことを〝弘美〟と呼び捨てにしたことをあたしは聞き逃さなかった」

園原が言葉に詰まる。

「そんなあなたを見て、秋子さんもほかの男に心が動いたとしても責められないわよね」

「しかし……」

松本刑事が言葉を挟む。

「仮にダブル不倫だったとしても、それが金塊の窃盗や殺人事件に繋がるのか？」

「芝尾さんが、金塊の秘密を聞きだしやすい状況にあるということです」

「あ」

園原が声をあげる。

「芝尾……貴様」

芝尾が首を左右に振る。

「芝尾さん。あなたギャンブルが好きだって言ってたわね」

「競馬に入れこんでる」

園原が答える。

「生活が苦しいとも聞いたわ」

「借金もある」

また園原が答える。

「つまりお金が必要だった。そんなあなたの前に、愛人である美田秋子が〝金塊を盗んだ〟という情報をもたらした」

「渡りに船ってわけか」

園原が歯軋《はぎし》りをする。

「そう思ったあなたは、そのお金を独り占めする方法を必死に考えた」

「そして、思いついた」

ひとみが言うと静香が頷く。

「秋子、英仁母子を殺して、その罪を園原さんになすりつけること」

「お見事です」

発言したのは東子だ。もちろん〝お見事〟というのは芝尾の作戦に対してではなく、静香の推理に対して発せられた言葉だ。

「そうすれば、自分を入れて金塊の在処《ありか》を知る四人の人物のうち、二人は亡くなり、一人は刑務所に長い間、入ることになる。残ったのは自分だけになるのですもの」

「そういうこと」

「うまく考えたおつもりだったのでしょうけれど、静香お姉様には通用しませんでした」

「金塊を盗むこと、また盗んだこと、そしてその隠し場所は秋子から聞いたわけか」

園原が芝尾を睨む。

「隠し場所って……」

「ここよ」

「大阪城に？」

「それもこの梅林の中」

「まさか……」

「どうして美田秋子さんと英仁さんの二人は大阪城で殺されたのか？」

「理由があると言いますのか？」

井場刑事が訊いた。

「あるわ」

「聞かせてもらいまひょか」

「おそらく芝尾寅泰は金塊を見にゆくという名目で美田秋子さんと英仁さんをここに連れてきたんじゃないかしら」

「金塊を見にゆく？」

静香は頷いた。

「二人の遺体はここで発見された。でも二人の大人を殺害してから一人で運ぶのは難しい」

「車で運ぶにしても、車道からここまで運ぶのも骨やろうな」

「かといって何の用もない場所まで騙《だま》して連れてくることも難しいやろ」

「でも連れて来やすい理由があったとしたら」

「本当に金塊があるかどうか、確かめるという理由……」

「隠したのは園原さんだから、秋子さんにしても本当にその場所にあるかどうか確信が持てなかった」

「だから、確認のためにやってきたというのか」

「そう。つまり金塊は、ここに隠されているのよ」

園原も芝尾も険しい顔をしている。

「そして、芝尾寅泰は金塊の場所確認のほかに、二人を殺す目的もあった」

「一石二鳥というわけか」

「ふざけるな」

芝尾が目を血走らせて静香を睨む。

「でも芝尾さんは金塊を移し替えた」

「移し替えた？」

「移し替えなければ園原さんに取りだされてしまうから」

園原が動いた。目の前に見える、地面から顔を出している石垣の石の一つを両手で摑んで引っこ抜く。石垣の奥には土が見えるだけだ。

「ない」

園原は石を落とした。

「そこに隠してたのね」

園原は振りむいた。その顔は歪んで泣きそうに見える。園原は自分が金塊を盗んだことを認めたことになる。

「ここにあった金塊は自分の家に運んだのか」

園原が芝尾に向かって尋ねる。

「それは危険すぎるわ」

静香が答える。

「自分の家で金塊が見つかったら、もう言い逃れできない」

「だったらどこへ……」

「この場所で美田秋子さんと英仁さんを殺したのよね」

「遺体の状況からまちがいありません」

「だったら金塊もこの近くにあるわ」

静香は断言した。

「人を二人も殺して、そのうえ金塊を遠くに運ぶとなるとかなり厄介よ。とりあえずこの近くに隠したはず」

「この近くって、どこだ？」

「小山の裏側にも石垣があったわよね」

「そこに？」

「やめろ！」

芝尾が叫んだ。だが静香は芝尾の叫びを無視して大きな歩幅で小山の反対側に回る。みなも静香の後を追う。

「そこの石をどかしてみて」

井場刑事が松本刑事に顎で指示を出すと、松本刑事が一番上の石を両手で持ち、引き抜いた。

「あ！」

光り輝く石垣……いや、金塊が現れた。

「あった」

ひとみが呟く。

「芝尾寅泰は当日の午後十一時過ぎに、美田秋子さんと英仁さんを連れて、車で大阪城までやってきたのよ」

「名目は、金塊を確認したいということだな？」

「ええ。でも目的は金塊の確認のほかに美田秋子・英仁母子の殺害にあった。そのために、車の中に睡眠導入剤入りのペットボトルでも置いて、二人に飲ませたかもしれない」

「なるほど。そうすれば大阪城に着いた時に、作業がやりやすくなるか」

「完全に眠らない程度の量を飲ませれば、金塊の確認はできる」

「その後に、刺殺か」

「勝手なことを言うな！」

芝尾が叫んだ。

「どこに証拠がある」

「金塊に指紋がついているかもしれないわね」

「金塊に?」

「〈ジュエリーTEN〉で盗んだ時には店内に指紋を残さないように手袋をしていたでしょうけど、その後もし金塊を移し替えていたら、あなたの指紋が、その金塊に付着してるんじゃないかしら」

静香が言うと、園原と芝尾が同時に膝をついた。

*

〈アルキ女デス〉の三人は東京行きの新幹線の中にいた。

「金塊から園原と芝尾の指紋が検出されたそうよ」

静香がメールを確認しながら伝えた。

「そう」

「動かぬ証拠ですね」

東子が応える。

「秀吉が隠した金塊は見つからなかったけど」

「ねえ。ひょっとしたら伝説の金塊、園原と芝尾が隠した石垣の下を掘ったら出てくるかもしれないわよ」

「ええ？」

「だって、あの石垣、井戸を囲ったぐらいの広さだったわよ」

「言われてみれば……」

ひとみも静香の言葉に頷けるところがあるようだ。

「学会に報告してみる？」

「やめとくわ。まだ警察の現場検証とかで落ち着かないでしょうから。ほとぼりが冷めたころ掘り返してみるわ」

意外と執念深い静香であった。

「今回の事件、千姫は誰だったのでしょう」

「え？」

東子の問いをひとみが訊き返した。

「美田秋子さんを淀君、英仁さんを秀頼に準《なぞら》えるとしたら、秀頼の妻である千姫は……」

「千葉弘美さんじゃないかしら」

静香が答えた。

「千葉弘美？　まさか園原と二股？」

「ありうるわ。だってスナック〈千姫〉のママじゃない」

「だからといって……」

「そうかもしれません」

東子が言った。

「どうして？」

「千葉弘美さんに事件のことをお訊きしているとき、弘美さんは〝英仁が自殺するわけない〟と英仁さんのことを呼び捨てにしていました」

「そうだったかしら」

「〈淀〉と〈千姫〉は隣どうし。英仁と千葉弘美がそういう仲になってもおかしくはないわ」

「なるほどね。結局、千姫だけが生き延びたのね。火だるまの関係から」

「ひとみ、うまいこと言うわね」

新幹線は大阪を出て、一路、東京に向かっている。

熊本城殺人紀行

1

現場検証が行われていた。

阿蘇《あそ》くじゅう国立公園内にある俵山峠《たわらやまとうげ》の崖下である。中年の男性の死体が車道の脇の草むらに仰向《あおむ》けに横たわっている。

「あの上から転げ落ちたんですね」

村上隆治《むらかみたかはる》が崖を見上げながら言った。見上げた先には俵山峠園地の展望スポットがある。周りには十四基の大きな風力発電機があり、それぞれ羽が回っている。

村上は三十二歳。熊本門前署《くまもともんぜん》、通称熊門署の刑事である。背が高くスマートで顔は整っている。それどころか非の打ち所のないイケメンである。

「自殺でしょうかね。展望スポットには、低いとはいえ柵がありますから、誤って足を滑らせることはないと思いますが」

「自殺にしては妙な点がある」

猿渡恭雄《さるわたりやすお》が応えた。猿渡は五十三歳。熊本県警の刑事だ。村上と違って背が低く、体重も重そうだ。顔は臼《うす》のように四角い。目も小さいが眼光は鋭い。

「妙な点とは？」

「顔を見てみろ」

　村上は死体の顔を見た。

「潰れてますね」

「ああ」

「おそらく崖から転落した過程で岩にぶつかって潰れたんでしょう。もちろん落下した瞬間の衝撃がいちばん大きいでしょうが」

「それにしては潰れ方が顔に集中してると思わんか？」

　村上はもう一度、顔を凝視する。

「そういえば……」

　服も破れ、手足にも出血を伴う傷があるが、原形は留《とど》めている。かすり傷程度とも映る。だが顔は原形を留めないほど潰れている。

「まるで誰かが身元を判《わか》らなくするために徹底的に殴ったようだ」

　村上は頷《うなず》いた。

「他殺、ということですか」

「そういう事だ。顔が潰れるほどの岩も見当たらんしな」

ベテラン刑事である猿渡の断定に、村上はゴクリと唾を飲みこんだ。

＊

一年後——。

新宿歌舞伎町《しんじゅくかぶきちょう》。

〈アルキ女《メ》デス〉の三人は居酒屋で定例会を開いていた。

「今度はもっとオシャレな店に行かない？」

翁《おきな》ひとみが早乙女静香《さおとめしずか》に言った。たしかに静香が着ている、躯《からだ》にピッタリとフィットした超ミニのボディコンスーツは居酒屋ではかなり目立つ。

「オシャレな店って、なんだか、くつろげないのよ」

「わたしはくつろげるけどなあ」

ひとみが不満そうに言う。

「たまには居酒屋もいいものです」

桜川東子《さくらがわはるこ》が言った。

「東子は素直ね」

「世間知らずともいう」

ビールのジョッキが運ばれてきたので三人は豪快に乾杯をした。三人とも人並み以上に酒に強い飲んべえでもある。

「それに〝たまには〟ならいいかもしれないけど、いっつも居酒屋じゃない？」

「細かいことはいいじゃない。それより、次のウォーキングの会は熊本城に行きたいんだけど異議ないでしょうね」

ひとみがビールを噴きだしそうになった。

「なに動揺してんのよ」

「だって」

ようやくビールを飲みこんだひとみが口を開いた。

「また勝手に決めて」

「だって、姫路城、大阪城と千姫《せんひめ》を追ってきたんだから、次は当然、熊本城でしょう」

「意味わかんないんですけど」

「ひとみ。あなた秀頼《ひでより》に関する伝説をご存じないの？」

「秀頼？」

「千姫の夫よ」

「それは知ってるけど？」

「大坂城で母親の淀君《よどぎみ》と共に自害した豊臣秀吉《とよとみひでよし》の嫡男ですね」

「そう。その秀頼が実は生きていたって話」

「あなたの好きな与太話か」

「そうともいえないのよ」

「何か根拠があるわけ？」

「まあ、色々とね」

静香の顔から笑みが零《こぼ》れる。輝くような笑みに一瞬、見とれてしまった自分をひとみは少し反省した。

「とにかく秀頼は生きのびた可能性があるの」

「生きのびてどこに行ったたっていうのよ」

「熊本城」

「え？」

「それを確かめるためにも熊本城に行かなくちゃ」

「ですね」

〝ですね〟じゃねーよ！　そう思ったが、ひとみは何も言わなかった。

「ちょうどわたくし、熊本に知人がおります」

「あら東子、それはいいわね」

「どういう知人なの？」

ひとみは冷ややかな表情のまま東子に尋ねた。

「以前、わたくしの運転手をなさっていたかたのご親族です」

「へえ」

ひとみの顔がますます冷ややかになる。

「運転手をなさってたかたは熊本にいるの？」

「亡くなりました」

「え？」

「一年前に、俵山峠の崖から落ちて」

東子の顔が曇る。

「そうだったの」

「警察は他殺を疑いましたけど」

静香もひとみもギョッとする。

「マジ？」

東子は頷く。

「酷《ひど》い話ね。犯人は捕まったの？」

「いいえ。結局、事件か事故か、あやふやなままのようです」

「そうだったの」

場がしんみりとしてきた。

「そのかた……転落死された元運転手さん、緒方基男《おがたもとお》さんというんですけれど、熊本で〈ベアーブック〉という旅行会社を興《おこ》して、その会社の社長さんだったんです」

「まあ」

「緒方さんが亡くなった後は奥様の三千留《みちる》さんが会社を引き継いで、今は緒方さんのお母様、阿都子《あつこ》さんが社長に収まっています」

ひとみが無言で頷いた。

「東子は緒方さんの奥さん、あるいはお母様と面識はあるの？」

「以前、熊本に旅行に行ったとき、お二人ともお会いしたことがあります」

「だったら」

静香は即座に考えを巡らす。

「今度の旅行プラン、その会社に丸投げしちゃいましょうか」

ひとみが「厚かましいわね」と言おうとした刹那、東子が「それはよい考えです」と静香の傲慢さを助長するような言葉を吐いた。

「〈ベアーブック〉の収入にもなるでしょうし」

「決まりね」

また静香が勝手に決めてしまった。

「くまモンがあたしを呼んでいるのよ！」

静香は居酒屋の中で人差し指を突きあげた。

＊

小金沢京太《こがねざわきょうた》は考え事をしながら夜道を歩いていた。

（気が重い）

小金沢京太は〈ベアーブック〉の中堅社員である。

年齢は三十歳。中肉中背で、どこといって特徴のない人物だ。髪は無造作に垂らし、かといってだらしないわけでもない。ファッションにあまり詳しいタイプではないというだけで、真面目《まじめ》な社員だ。

小金沢京太は足を止めた。上野《うえの》ななをの家に着いたのだ。白い外壁の、家賃の安い一人暮らし用の共同住宅で、建った当初はおしゃれな外観を誇ったのだろうが、年月が経《た》ち、今はかなりくたびれた印象だ。

階段で二階まで上り、ななをの家の前でドアを見つめる。

（よし）

小金沢は心の中で小さく気合いを入れてチャイムを押す。返事がない。もう一度押すが、やはり返事がない。

「ななを」

ドア越しに声をかけてみるが同じ事だった。

（変だな）

怪訝《けげん》に思いながらドアノブを摑《つか》んで回すと鍵はかかっていなかった。ますます妙に思ったが、小金沢はドアを開けて玄関口に入った。部屋は静まったままだ。

「入るよ」

宣言してから小金沢は靴を脱いで家にあがった。この部屋には一度だけあがったことがある。廊下を通ってリビングを見渡すが、ななをの姿はどこにもない。

（トイレかな？）

トイレのドアをノックするが応答がない。声をかけながら開けると中には誰もいなかった。

(シャワーでも浴びてるのか)

小金沢はバスルームに向かった。

(シャワーを使ってる音はしないけど)

小金沢は脱衣場のドア越しに声をかける。

「上野さん」

返事がない。思いきってドアを開ける。バスルームの曇りガラスの向こうに湯船に浸《つ》かっているような人影が見える。その人影が一瞬、幽霊に見えた。ななをが先日、好きなバンドのライブを東京に観に行った際に〝秀頼の幽霊を見た〟と言っていたことを思いだしたせいかもしれない。

「ご、ごめん」

小金沢は妄想を振り払い慌てて謝ると脱衣場のドアを閉めた。

「風呂だなんて思わなくて」

大声で言い訳をする。だがバスルームからは何の声も聞こえてこない。

(寝ちゃってるのか?)

小金沢も自宅の風呂でうたた寝してしまうことがあるからその気持ちは判るが、湯船に浸かりながら(声をかけても気づかないほど)熟睡してしまうのは危険だと思った。小金沢は思いきって脱衣場のドアを開けた。

「上野さん、起きた方がいい。危ないよ」

だが浴室はしんとしている。

（おかしい）

ようやく小金沢は異変を感じた。裸でいる相手に対してドアを開けるのは躊躇《ためら》われるが、湯船に頭まで浸かっていたら一大事だと思った。

「上野さん、開けるよ」

そう言いながら曇りガラスを開けた。バスタブに浸かっているななをの姿が目に入った。だがバスタブは血で真っ赤に染まっていた。

小金沢は声にならない悲鳴をあげた。

＊

羽田《はねだ》空港から飛行機に乗ると、およそ一時間五十分ほどのフライトで阿蘇くまもと空港に到着した。

到着口からロビーに出ると、くまモンの看板が見える。

「さっそく、くまモンのお出迎えよ！」

静香がはしゃいだ声で言った。

「ついに熊本までやってきたわ！　九州の中心、熊本！」

静香の感覚はよく判らない。

「たしかに地図を見れば九州という島のほぼ中心といえるかもしれないけど」

「ど真ん中でしょ」

「北に長崎、佐賀、福岡、大分、南に鹿児島、沖縄があって、真ん中の西側が熊本、東側が宮崎じゃないかしら」

「捉え方次第ね。それより、レンタカーのブースはあそこよ」

静香が指さした。〈アルキ女デス〉の三人は、熊本を車で回ろうとすでにレンタカーの予約を入れていた。

「車だったら熊本城までは一時間もかからないはずよ」

「そうかもね」

「でも残念ね」

熊本の熱い空気に触れながら静香が言った。

「せっかく熊本まで来たのに、緒方三千留さんと阿都子さんに会えないなんて」

「すみません」

「東子が謝ることじゃないわよ」

東子も今度の熊本行きで久しぶりに三千留、阿都子に会えると思い連絡を取ったのだが、思惑通りにはいかなかった。緒方基男の嫁だった三千留が再婚することになり、東京で結婚式を挙げるのだ。そして阿都子もその式に出席するために、ちょうど静香たち一行が熊本に向かう日に東京に滞在する予定なのだ。

「タイミングが悪かっただけよ」

東京の静香たちは熊本へ、熊本の三千留、阿都子は東京へ……。

「でも阿都子さん、息子の嫁だった人の結婚式に出席するんだ」

基男の嫁だった三千留は、いったん、夫の会社を引き継いだが、夫を失った心の傷がなかなか癒えず、会社を義母である阿都子に託し、東京で新生活を始めることにした。その三千留の後を追って訪ねたのが、もともと三千留に恋心を抱いていた熊本の荒木《あらき》という男で、その男の本心に気づいた三千留は結局、その男の熱意に絆《ほだ》された形で再婚することになったということだ。

「基男さんと三千留さんは離婚したわけでもなく、突然の死が二人の仲を裂いてしまったのですから、姑《しゅうとめ》さんも三千留さんを嫌いになったりはしていないのです」

「仲はよかったってわけね」

「はい」

「それにしても、嫁が自分の息子以外の人と結婚する……。やっぱりわたしだったら式には出ないと思うわ」

「気の強いあなたならそうでしょうね」

「何よ〝気の強い〟って。あなたに言われたくないわ」

ケータイの着信音が鳴った。静香とひとみが自分のケータイを取りだしたが、鳴ったのは東子のケータイだった。東子は自分のケータイを落ちついた所作でバッグから取りだし耳に当てた。

――はい。桜川東子と申します。

東子が馬鹿丁寧な言葉で話しだした。

――東子さん？　緒方ですけど。

微《かす》かに洩《も》れ聞こえる声から判断すると、電話の相手は緒方阿都子のようだ。

東子はしばらくすると通話をオフにした。

「緒方さん、何だって?」

「熊本に戻るそうです」

「あらよかった。だったら会えるわね」

「それが、いい話ではありません」

「え?」

「会社の従業員のかたが殺人事件に巻きこまれたようです」

「なんですって」

「それで、三千留さんと一緒に、急遽《きゅうきょ》、熊本に」

静香とひとみは顔を見合わせた。

＊

熊門署にただちに捜査本部が設置された。

「殺されたのは上野ななを」

熊門署の村上隆治が説明を始める。

「旅行会社〈ベアーブック〉に務めるＯＬです。年齢は二十九歳。身長百六十二センチ。体重四十六キロ。痩せ形です」

「死因は？」

清田治《きよたおさむ》捜査本部長が尋ねる。清田は五十代半ばで、ガッシリ、というよりはズングリムックリという印象の体つきをしている。頭を短く刈っているが髭《ひげ》が濃い体質らしく、口の周りがウッスラと黒くなり始めている。

「刺殺です。おそらく自宅のバスルームで刺され、犯人はそのまま返り血を洗い流し逃走したものと思われます」

「凶器は？」

「鋭利な刃物と思われますが、現場からは見つかっていません」

「犯人が持ち去ったか……」

清田本部長が考えこむ。

「ほかに遺留品は？」

「現時点では見つかっていませんが、犯人がバスルームや床に残した痕跡などを鑑識が分析中です」

本部長は頷いた。

「性交の跡は？」

「ありません」

「強姦《ごうかん》目的の犯行ではないということか」

「はい」

「死亡推定時刻は?」

「昨日……三月三十日の日曜日、午後四時頃と思われますが、なにせ死体がバスタブに浸かってましたので正確な時刻は判らないようです」

「仕方ないな」

清田本部長は小さな溜息《ためいき》を漏らした。

「第一発見者は?」

「小金沢京太。被害者とかなり親しい関係にあったようです」

その報告を聞くと捜査員たちが近くの者たちと顔を見合わせる。犯人の可能性を嗅ぎとったのだろう。

「二人はつきあっていたのか?」

「いえ。親しいというだけで、つきあってはいないと小金沢は言っています」

「裏を取る必要があるな。それに、被害者の家のドア、窓に強引に侵入した形跡がないとも聞いている。つまり被害者は犯人を自宅に招きいれている。顔見知りの線も強いぞ」

　捜査員たちがメモを取る。だが報告者は、ただちに小金沢犯人説を打ち消した。

「小金沢は犯人とは考えにくいと思います」

「理由は？」

「返り血を浴びていないからです」

　室内のざわめきが少し収まる。

「被害者が殺害された状況を考えると、犯人はかなり返り血を浴びているはずです。しかし小金沢にはその痕跡がまったく見当たりませんでした」

「殺害現場は浴室だろう。血は洗い流したんじゃないのか？」

「しかし小金沢の着衣にはまったく血の痕がないんです」

「浴室だから、服を脱いで襲ったことも考えられるぞ」

「その場合、被害者と小金沢の間柄はかなり親しいことになりますが、現時点では二人がつきあっているという情報はありません」

「なるほど。だが、たとえばレインコートのようなものを纏《まと》って犯行に及び、犯行後、そのレインコートを捨てればその下の衣服には血はつかないのでは？」

「現場付近を捜査していますが、証拠物件に繋《つな》がるようなものは発見されていません。小金沢が警察に通報してきた時間なども考慮すると、証拠物件をすてる時間はなかったものと考えられます」

「通報してきた小金沢に犯人らしい兆候は見られない……。これは現場で接した刑事の勘か？」

「そうです」

「よろしい」

本部長は納得した。

「とりあえず小金沢は容疑者リストから外して考えよう。では、そうなると犯人の目星は？」

「今のところ、物取りの線が濃厚です」

「室内に荒らされた痕があったのか？」

「その通りです」

ホワイトボードに上野ななをの部屋の様子を映しだした大判の写真が張りだされる。タンスなどの引出から中の衣類などが取りだされ室内に散乱している様子が見てとれる。

「上野ななをの自宅近辺を中心に聞きこみだ。今回の事件、目撃者の割りだしが重要なポイントだ」

　捜査員たちはそれぞれの持ち場に散っていった。

＊

　緒方三千留とその義母である緒方阿都子が急遽、帰熊《きゆう》して上野ななをの葬儀に出席した。

　緒方三千留は三十三歳。女性にしては背が高く、やや面長の美人である。艶のあるロングヘアがトレードマークとなっている。

　緒方阿都子は六十六歳になる。丸顔で、丸い大きな目の下には、隈《くま》が浮かんでいる。現在〈ベアーブック〉の社長である。

「まさか上野さんが……」

　三千留が憔悴《しょうすい》した顔で呟《つぶや》いた。

「本当に」

　阿都子も疲れた様子で応える。

　葬儀を終えると、二人は桜川東子が宿泊する阿蘇くまもと空港からほど近いホテルに向かった。ホテルに着くと、ロビーで東子と連れの二人が三千留と阿都子を出迎えた。

「東子さん、お久しぶり」

「お久しぶりです」

東子もゆっくりと頭を下げる。すでに〈ベアーブック〉の社員が事件に巻きこまれて亡くなったことは伝えられている。

「大変なことになったわね」

自己紹介も済まないうちに静香が言った。

「まだ信じられません」

三千留が答えたところで、それぞれようやく自己紹介を済ませた。

「三千留さん。あなた、ご自分の結婚式を終えたばかりで、こんな事になるなんて」

静香がなれなれしく話しかける。

「仕方がありません。わたしのことより上野さんが可哀想《かわいそう》で」

「そうね」

ひとみが相槌《あいづち》を打った。

「それに、結婚式といっても、出席者は新郎新婦とお義母《かあ》さんだけなんです」

「あら、そうなの？」

「ええ。二度目だし、派手なお披露目はしたくなかったんです。だから会場も、荒木の自宅を使って、新郎新婦の門出をお義母さんが証人になって見届けるという形なんです。夜には知人を招いて結婚披露パーティをしましたけど」

「なるほどね……。新婚旅行は？」

「もともとまだしない予定でした。主人の仕事の都合で、落ちついてから……一、二ヶ月後、ゆっくり行こうと」

「でも、こんなことでお会いできるようになるなんて」

東子が呟くように言う。

「それでも久しぶりに会えたのはよかったわ。市内で食事の用意をしていますから、ご一緒に」

〈アルキ女デス〉の三人は三千留の言葉に甘えることにした。

＊

猿渡刑事と村上刑事は〈ベアーブック〉専務の森永拓也《もりながたくや》と、部長の古閑正人《こがまさと》に話を聞いていた。

〈ベアーブック〉応接室である。森永拓也は五十三歳。もっさりとした印象の大柄な男だ。

「今回の上野ななをさんの事件に関しまして、何か心当たりはありませんか？」

村上の質問に森永はすぐに「ありません」と答えた。

「強盗の仕業、なんですよね？」

古閑正人が微かに愛想笑いのようなものを浮かべて尋ねる。古閑は五十五歳。小柄だが、軀はガッシリとしていて頭を短く刈っている。

「おそらくそうだと思いますが、強盗なら強盗で、顔見知りの者が強盗に入ったケースも考えられます」

「顔見知りの者が？」

「そうです。たとえばストーカー事件などは大半が顔見知りの犯行です」

「なるほど」

「そういう意味で、上野ななをさんに、つきまとっていた者がいたとか、その辺りのこともお聞きしたいのです」

「さあ」

森永が首を捻《ひね》る。

「何でもいいんです。事件に関係ないだろうと思われることでも、一応、話してみてもらえませんか」

村上に言われて森永は古閑を見た。

「そういえば……」

古閑は何かを思いだしたようだ。

「上野さんは、ちょっと変わった女性でした」

「変わった女性？」

「ええ。でしたよね？　森永さん」

「どうでしょうか。電話の応対などは少し素っ気ないところがありましたが」

「いや、そういう事ではなくて……。上野さんは自分で自分のことを〝千姫の生まれ変わりだ〟と言っていたんです」

「あ、そうでしたな」

「千姫？」

「徳川家康《とくがわいえやす》の孫娘で、豊臣秀頼の正妻です」

「なるほど。しかしどうしてまた生まれ変わりなどと？」

「最初は酒の席でのジョークだと思っていたんですが、それが本人はまんざらジョークでもないようで」

「いわゆる〝不思議ちゃん〟ですかな、今の言葉でいうと」

〝不思議ちゃん〟が〝今の言葉〟かどうかよく判らないが、古閑の言わんとするところは理解できた。

「何か根拠があるんですか?」

村上が尋ねる。

「上野さんが自分を千姫の生まれ変わりだと主張するような根拠……たとえば、家系をたどれば千姫に辿《たど》りつく、というような」

「ないでしょうな」

古閑が断言した。

「あるとすれば霊感です」

「霊感?」

「ええ」

「上野さんは霊感が強かったとか?」

森永と古閑は顔を見合わせる。

「あまり個人的なつきあいはないので、よく判りません」

「ですな。ただ、上野さんがそういう類の女性……自分には霊感があると言うような女性だったとしても驚きませんが」

「なぜです？」

「雰囲気といいますか」

「雰囲気ねえ」

「ところが」

森永が口を挟む。

「上野さんはミス千姫コンテストに出場して、優勝してしまったのです」

「ミス千姫コンテスト？」

「地元の広告会社が主催したコンテストで〝現代の千姫〟を決めようという趣旨の下に、美貌と歴史知識を競ってミス千姫を選びだそうというものです。もともと千姫の生まれ変わりを自任していた上野さんは、当然のごとくコンテストに出場します」

「そして優勝した……」

「はい。目立つ顔立ちをしていますから……。そのことで上野さんはお墨つきをもらったようなものです。文字通り、自他共に認める〝現代の千姫〟となったのですよ」

「そうでしたか」

「彼女が元々、歴史に興味を持つ女性だということも大きいでしょう。そのせいで狷介《けんかい》な歴史学者に絡まれたりもしていましたが」

「ん？　それはどういう事ですかな？」

猿渡が森永の言葉を聞き咎《とが》めた。狷介とは、頑固で人と折りあわないことだ。

「東殺《あずまき》一郎《いちろう》という郷土歴史家がいるんです」

「東……」

「殺一郎です」

猿渡は殺一郎の漢字を説明した。

「その歴史家と何かトラブルが？」

「東は、上野さんが自らを〝千姫の生まれ変わり〟と名乗っていることが気に入らないようでしてね」

「なるほど。それで、具体的にはどのようなトラブルが？」

「まず〝千姫と名乗るのはやめろ〟と忠告してきました」

「上野さんはどう対処しましたか？」

「彼女も負けてはいません。可愛《かわい》い顔をして意外と気の強いところがありましたから〝あなたに指図される覚えはない〟と突っぱねました」

〝ミス千姫〟という栄冠を勝ち得たのだから当然の反応かもしれない。

「突っぱねられて東さんはどうしました？」

「嫌がらせをするようになりました」

村上の目元がピクリと動いた。

「といいますと？」

「ネットでの中傷です」

村上がメモを取る。

「既存のサイトに上野さんを中傷する書きこみを続けていたようです」

「どのようなサイトで中傷をしたのか判りますか？」

「大型掲示板などです」

「ミス千姫ともなると地元では有名でしょうし、彼女単独のスレなどもあるかもしれませんね」

「そういうところに悪質な書きこみをしていたわけか……。ネットでの中傷はかなりのダメージになりますよ」

「ああ。それがもとで小学生の殺人事件が起きたこともある」

村上は頷いた。

「ネットだけですか？」

村上は矛先を変えた。

「ビラを作って町内に貼りだしたり配ったり」

「それは酷い」

「完全な犯罪ですわ」

猿渡が言う。

「そのビラは残っているでしょうか？」

「会社にはないでしょう。上野さんの家にはなかったんですか？」

「家宅捜索をした限りでは、そのようなものは見つかりませんでした」

「酷い内容でしたから、持っていたくなかったんでしょうね」

「酷い内容とは？」

「淫乱だとか、あることないこと」

「残っていれば証拠として東氏を訴えることもできたのに」

「もともと上野さんは、椎葉《しいば》さんの弟子なんです」

「椎葉？」

「東毅一郎のライバルともいえる歴史学者です」

「ほう」

「東殺一郎は六十歳を過ぎていますが、椎葉尚人《なおと》はまだ三十代前半のはずです」

「それほど歳《とし》が離れているのにライバルですか」

「どちらも郷土史家ですから、狭い範囲でのことです。地元の歴史界で名が知れた人物もそう多くはないのです」

「その中で東氏と椎葉氏は目立つ存在だったと」

「はい。その二人は目立っていました」

「では東氏が上野ななをさんを目の敵にしていたのは、もともと椎葉さんに対するライバル心があったとお考えなのですね？」

「断言はできませんが、その可能性は否定できないと思います」

二人の刑事は考えこんだ。

「ライバルということは、郷土史家のお二人は、もともと学説的に対立していたんでしょうか」

村上が訊《き》いた。

「その通りです」

森永が答える。

「私もあまり詳しくはありませんが、椎葉さんは豊臣秀頼が大坂夏の陣では死なずに、ここ熊本の地まで逃げ延びてきたという説を唱えているんです」

「何ですって？」

猿渡が訊きかえす。

「秀頼生存説です」

「それはまた奇抜な」

「伝承としては古くから言われていた説ですよ」

「そうだったんですか」

「しかし椎葉さんはそれを学問的にも立証しようとしていた」

「その態度を東氏は馬鹿にしていた。いや、頭に来ていたんでしょう。上野さんが千姫コンテストで優勝していなければ、もしかしたらここまで東氏も執念を燃やさなかったかもしれませんが」

「そうかもしれませんな。しかし熊本の広告会社がどうして〝千姫〟のコンテストを？」

「椎葉氏の説を取り入れたものです」

「秀頼が大坂城で死なずに、生き延びて熊本にやってきたという説ですか」

「はい。その説に広告会社が乗っかりまして、熊本を秀頼ゆかりの地として売りだそうと考えたようです」

「ミスター秀頼を決めるよりはミス千姫を決める方が受けもいいから、秀頼の正妻である千姫を強引に持ちだしたというところですかな」

　森永が頷く。

「まずいことに、といいますか、おめでたいことに、といいますか、椎葉氏の弟子筋である上野ななをさんがミス千姫となったことで、ますます東氏にとっては目障りな存在になったのだと思います」

「逆に椎葉さんにとっては、千姫の生まれ変わりを自称する上野ななをさんは都合のよい存在だったかもしれません」

「たしかに秀頼と千姫は夫婦でした。しかしそうだとしても、現代の千姫の存在が必ずしも秀頼生存説に有利とはいえないのでは？」

　秀頼は自害し、千姫は命を助けられた……。それだけの事かもしれない。

「それとも、上野さんが、秀頼生存説に有利になるような御神託のような発言をしていたとか？」

「はい。千姫の生まれ変わりという立場から〝秀頼は生き延びたのだ〟と公言していました。それが東氏にはおもしろくなかった」

「東氏は椎葉氏の説には真っ向から反対だったのですな?」

「その通りです」

「その結果、東氏は本来のライバルである椎葉氏のほかに、上野ななをさんまで恨むようになった」

「上野さんが魅力的な女性だったことが災いを呼んでしまったのかもしれません」

「というと?」

「東氏の上野さんに対する攻撃は、ほとんどストーカーのものです」

「なるほど」

「これは確証はありませんが、なんとなく、歴史上の対立というよりは、ただ単に偏執的な男が女にストーキング行為を行っているように感じていました」

「いずれにせよ、その東氏は要注意人物ですね」

村上の言葉に猿渡は眉間に皺《しわ》を寄せて頷いた。

2

〈アルキ女デス〉の三人と緒方阿都子、三千留が市内の和食店で会食をしていた。

「あたし、数ある全国の名物の中でも、もんじゃ焼きと辛子レンコンは苦手なのよ」

静香の不躾《ぶしつけ》な物言いは慣れていないと面食らうかもしれない。

「え、こんなにおいしいのに？」

ひとみが辛子レンコンを頬張りながら驚く。

「そうなのよ」

「もったいない」

「そのかわり馬刺しをたくさんいただくわ。馬刺しは大好物だから」

「熊本の馬刺しはおいしいですよ」

阿都子が応える。

「本当においしいわ。どんどんいけちゃう」

そう言いながら静香は馬刺しをパクつき、球磨焼酎《くまじょうちゅう》〈武者返し〉を飲みほす。

「〈武者返し〉もおいしいわ」

「ありがとうございます」

三千留が熊本を代表するかのように礼を言った。

「あたしが米焼酎を好きなの知ってた?」

熊本の米焼酎を球磨焼酎という。〈武者返し〉も、もちろん球磨焼酎である。

「寡聞にして知りませんけど?」

ひとみが皮肉混じりに答える。

「覚えておいてちょうだい」

「天草《あまくさ》直送のお魚もどうぞ」

「おいしそう」

静香が舌鼓を打つ。

「ところで、もう入籍したの?」

静香が三千留に不躾な質問をする。

「はい」

「じゃあ、もう緒方三千留さんじゃないんだ」

「荒木三千留です。まだ慣れませんけど」

三千留が頰笑む。

「でも本当に大変だったわね」

静香が、三千留を慰めるように言う。

「ええ。ですからあまりお迎えの準備もできなくて」

「そんな事はいいのよ。こんないいお店に連れてきてくれたんだもの。それより三千留さんの方こそ、東京からとんぼ返りで疲れているでしょう」

「軀は大丈夫ですけど、精神的に参ってしまって」

「わかるわ」

仲居が料理を次々と運んでくる。

「前のご主人も亡くされているんですものね」

静香の言葉に、三千留はしんみりとした様子で頷いた。三千留が前夫を亡くしてからまだ一年ほどしか経《た》っていない。

「事件か事故かハッキリしないって聞いたけど……」

「はい」

三千留はビールを一口飲んで喉を湿らす。

「高い崖から転落しての転落死だったわ」

「足を滑らせたの？」

静香が遠慮なく尋ねる。

「真相は判らないの。でも警察は、最初は強盗に突き落とされたんじゃないかって見解だった」

静香が息を呑《の》む。

「やっぱり殺人の可能性もあるのね」

「犯人は捕まってないのね？」

「ええ。証拠も何もないから、早乙女さんが仰《おっしゃ》ったように、足を滑らせて転落したってことに落ちついてしまったんです」

「三千留さんはどう思っているの？」

「わたしは……」

三千留は間を取る。

「やっぱり事故だったたって思ってるわ」

「そう」

「事故の方がまだ救われるわ」

「もし他殺なら、犯人、今回の事件の犯人と同じ奴《やつ》ってことは……」

何かを思いつくとそれを瞬間的に口に出さずにはいられない静香だった。

「それは考えてもみませんでした……」

「気にしないで。ただの思いつきだから」

「でも静香の思いつきって、的を射ていることもあるのよねえ」

ひとみがしみじみとした口調で言う。

「お辛《つら》いでしょう。身近で殺人が起きてしまって」

静香とひとみの無遠慮な言葉を繕うように東子が言った。

「上野さんが可哀想で」

三千留が答える。

「犯人の目星はついているの？」

「強盗か、ストーカーか」

「ストーカー？」

「はい」

三千留が歴史学者、東毅一郎の話をした。

「そんな経緯があったんだ」

歴史学者が絡んでいるだけに〈アルキ女デス〉の三人はみな、さらなる関心を持った様子だ。

「あの」

静香がまた何かを思いついたようだ。

「三千留さんのご主人は〈ベアーブック〉の社長だったのよね」

「はい」

「会社を残して亡くなったこともご主人は残念だったでしょうね。社長にとって会社は我が子も同然だって聞いたことがあるわ」

「そうね。私、自分の会社を守るために自殺した人を知ってるわ。保険金を会社の運営資金に充てようとしたんです」

「そこまで……」

「経営って大変なものですから」

「ご主人は運転手から独立して事業を興して、経営を軌道に乗せて、成功させるなんて偉いわ。立志伝中の人物ね」

「ありがとうございます。でも正直に言いまして、亡くなる前は〈ベアーブック〉も経営は苦しかったんです」

「そうだったの……。それを受け継いで経営を立て直したのが……」

三千留と阿都子が顔を見合わせた。

「最初はわたしが跡を継いで社長になったんです」

三千留が答える。

「はい。でも主人が亡くなった心の傷が癒えなくて、社長の座を義母に渡したんです」

「そうだったわね」

阿都子が頷く。

「経営を立て直したのは三千留さんです。わたくしはそれを受け継いだだけ」

「そうだったんですか。せっかく経営を立て直したのにそれを手放すなんて……」

「会社経営はハードな仕事です。とても生半可な気持ちではできません。そのころのわたしの心は、限界だったんです」

「そう。でも結婚して心の安定を得たのなら、また〈ベアーブック〉に復帰することもできるんじゃない？　それとも新しいご主人は奥さんに働いてもらいたくない人？」

「そうではないんですけど、主人が東京で職を得たので、東京に住むことにしたんです」

「〈ベアーブック〉復帰の道もなくなったわけか」

「ええ」

「ずいぶん思いきったわね」

「会社を手放すのは心残りだったんですけど、幸いなことにお義母《かあ》さんが跡を継ぐと言ってくれたので〈ベアーブック〉が存続することになって」

「それで決心がついたのね」

「そうなんです」

「新しいご主人はどんな人？」

「荒木智之《ともゆき》といって、もともと熊本の人です」

「熱心な人だったわね」

阿都子が口を挟んだ。

「仕事熱心だったんですか」

「いいえ」

阿都子が嫣然《えんぜん》とした笑みを浮かべる。

「三千留さんに対して熱心だったのよ」

「え」

「そうよね？　三千留さん」

「はい」

三千留ははにかんだような、少し困ったような顔で答えた。

「それは、三千留さんのご主人がまだ存命中のことだったんですか」

「そうよ」

「じゃあその人は、結婚していた、つまり人妻の三千留さんにアタックを？」

静香が少し古い言葉を使った。

「まるでストーカーみたいだったわ」

阿都子の言葉に〈アルキ女デス〉の三人はギョッとしたように顔を見合わせる。

「でもいい人だったんです」

三千留が取り繕うように言う。

「ストーカーみたいに思ってた人もいたけど、きちんと節度を守ってました。会社にはけっして電話をかけたりはしてこなかったし」

「〈ベアーブック〉の電話には録音装置がついているの？」

「ついてます。〈ベアーブック〉にかかってきた電話は、断りを入れてすべて録音して、一週間、保存しているんです」

「だったら録音されることを恐れて会社にはかけてこなかったとか」

「そこまでは考えていないと思います」

「それに荒木という人は三千留さんの好みのタイプだったものね」

阿都子が言うと三千留は顔を赤らめた。

「それで、ご主人が亡くなって、初めて交際を?」

「そういう事です」

「ご主人の生前から不倫してたってわけじゃないのね」

今度は静香がギョッとするような言葉を吐いた。

「もちろんです」

だが三千留は肝が据わっているのか落ちついて答える。

不思議な関係だなとひとみは思った。三千留と、新しい夫になる荒木という人物の関係も不思議だが、それよりも三千留と阿都子の関係が不思議だ。

(自分の息子の、いわばライバル……恋敵だった男と結婚する、かつての嫁と仲良くしているなんて……)

ビジネスが絡んでいるからだろうか? 阿都子は三千留から〈ベアーブック〉を譲り受けた。その事実がなければ、ほかの男と結婚する三千留とは縁を切りたいと思うのではないだろうか? だが、そんな疑問は口には出さない。

「熊本城をご覧になるんですか?」

「もちろん」

「わたしがご案内したいところですが、何かと忙しくなると思いますので、ちょっとできないかもしれません」

「おかまいなく」

静香がニッと笑って答える。

「社員が殺されてしまったんですものね。案内どころじゃないわよ」

「ありがとうございます」

阿都子は頭を下げる。

「せめてこの場だけは思いっきり飲みましょう」

静香の思考回路が相変わらず理解できないひとみだった。

*

翌朝――。
〈アルキ女デス〉の三人はひとみの運転で熊本城にやってきた。空港近くのホテルから三十分ほどの距離である。西大手門の正面にある二の丸駐車場に車を停《と》めると三人は車を降りた。駐車場横の二の丸広場ではジョギングしている人の姿もチラホラと見える。

「あれ見て」

静香が指さした先に熊本城の壮大な天守閣が見える。

「やっぱりいいわねえ熊本城は」

静香が両手を伸ばして気持ちよさそうに言う。

「幸せね、何にでも感動できる人って」

ひとみはペットボトルの茶を飲むとやや皮肉混じりに言った。

「そうよ、あたしは今、幸せ！」

静香に皮肉は通用しない。

「天守閣に行きましょう」

例によって静香が勝手に歩きだす。ひとみが慌てて、東子は落ちついた所作で後を追う。

五十四万石の城下町、熊本のシンボルである熊本城は、大阪城、名古屋城と並び、日本三名城の一つに数えられている。天守閣の高さや美しさもさることながら〝武者返し〟と呼ばれる外敵の侵入を防ぐ石垣など、防御機能の高さを評価されてのことだ。

築城したのは豊臣秀吉の家臣、戦国時代の名将、加藤清正《かとうきよまさ》である。天正《てんしょう》十六年（一五八八年）、隈本《くまもと》城に入城すると、慶長六年（一六〇一年）から新しい隈本城の築城に着手、六年の歳月をかけて完成させると、名を熊本城と改めた。

「加藤清正って熊本では今でも清正公《せいしょこ》さんの呼び名で親しまれてるんですってね」

「世代にもよるでしょうけどね」

ひとみが冷めた応対をする。

入園券を買い、入口である頬当御門《ほほあてごもん》をくぐると、武者姿の男が待ちかまえていた。

静香はギョッとして立ち止まる。

「だ、誰？」

「加藤清正でござる」

「加藤、清正……」

静香はひとみにしがみついた。

「タ、タイムスリップよ！　加藤清正が、戦国時代から現代にタイムスリップしてきたのよ！」

「この人は熊本城おもてなし武将隊の人じゃないかしら」

「おもてなし？」

「熊本城側が提供しているサービスよ。朝の八時三十分に頬当御門で開門口上を述べた後、場内の至る所に出没するのよ」

「なんだ、現代人か」

「当たり前でしょ。清正のほかにも黒田官兵衛《くろだかんべえ》や、あま姫もいるのよ」

「詳しいのね」

「行き当たりばったりの誰かさんと違って、きちんと下調べをしてきているものでで」

「ムカ」

静香が声に出して言った。

「天守閣に向かいましょ」

静香が加藤清正に会釈をして脇を通り抜ける。

明治十年（一八七七年）の西南戦争で天守閣は焼失し、昭和三十五年（一九六〇年）に大、小の天守閣が復元された。大天守は三層六階、地下一階という雄大な造りだ。

「これが武者返しね」

熊本城の石垣を見て静香が言う。

下部は三十度ほどの緩やかな傾斜ながら、上に向かうに従って角度を高め、天端では七十五度の絶壁となり敵を寄せつけない。清正流石組みと呼ばれている。

〈アルキ女デス〉の三人は城の内部に入ると、自慢の脚力を生かしてスイスイと最上階まで登り、熊本の街を見下ろした。

「気分がいいわね。なんだか自分が戦国時代にタイムスリップしたような気持ちよ」

城下町の景色を堪能《たんのう》すると三人は下まで降り、売店でソフトクリームを買い、ベンチに腰掛け食べ始めた。

「でもあなたのお知りあいも災難ね。自分の会社の社員が殺されるなんて」

ソフトクリームを食べながらひとみが東子に話しかけた。

「はい。被害者のかたを知っているわけではありませんが、そのかたもお可哀想で」

「でも本当に強盗かしら」

「さすがお姉様です」

静香の疑問に即座に東子が反応した。

「あら、強盗じゃないっていうの？」

ひとみが訊いた。

「違うと思います」

「被害者の上野さんは犯人を自分の意志で迎えいれています」

「どうして?」

「警察の発表ではそうなってるわよね。でも犯人が、たとえば宅配業者などに変装してチャイムを押したら、ドアを開けちゃうんじゃない?」

「そうですね。でも、そもそも、強盗だったら、上野さんの住む共同住宅を狙うでしょうか?」

家賃の安い一人暮らし用の住居……。

「お金目的では狙わないかも」

「レイプ目的だったら?」

「強姦の跡はありませんでした」

「そうだったわね」

「犯人は強盗でも強姦犯でもないと考えて良さそうね。だったらホンボシは東毅一郎っていうストーカーまがいの歴史学者?」

「そうかもしれません」

「歴史学者の風上にもおけない野郎ね」

静香の口が悪いのはいつものことだ。

「でもまだ確定はできません」

「慎重ね」

ひとみが感心したように言う。

「証拠も何もありませんから」

「だったらあたしたちで調べてみましょうか」

ひとみはソフトクリームを落とした。

「やめてよ、観光地を汚すのは」

「何よ、ソフトクリームぐらい。ちょうど植木に落ちたから水分と養分をやったことになってかえってよかったぐらいよ」

「口の減らない女ね」

あんたに言われたくないと思ったがきりがないので黙っていた。

「それより、どういう事よ。〝あたしたちで調べてみましょうか〟って」

「言葉通りの意味。あたしたちは美女探偵団なのよ」

いつから？

「わかりました」

わかったのかよ！　だが多勢に無勢、というほどの開きはないが、ひとみは二人に逆らうことは諦めた。

＊

小金沢京太が声を潜めて言った。

「上野さんは不倫してたんです」

「不倫？」

猿渡刑事が訊きかえした。ここは熊本市内の喫茶店である。

「はい」

「誰と？」

「ぼくが言ったとは言わないでくださいよ」

「もちろんです」

村上刑事が請けあう。

「森永専務です」

「え！」

「本当ですか？」

「会社の人間は誰でも知ってますよ」

猿渡刑事と村上刑事は顔を見合わせた。殺人の動機の多くを占めるのが男女関係のもつれだが、不倫と聞いて動機に繋がる線が浮上したことを確認した合図だった。

「上野ななをさんはあなたとつきあっていると思いましたが」

「誤解です」

小金沢はポケットからハンカチを出して額の汗を拭いた。

「親しくしていたことは認めますが、あくまで友人としてです。飲み友だちといいますか」

「部屋にあがる仲でも、ただの飲み友だちですか？」

「部屋にあがったのは前に一度だけですよ。それも大勢で飲んだ帰り、終電がなくなって、会社の同僚、三人で泊めてもらったんです。それだけですよ」

「しかし今回は一人で家にあがった」

「相談したいことがあると言われまして」

「上野さんに？」

「そうです」

「相談したいこととは？」

「森永専務との不倫のことです」

「ほう」

「それで家に行ったら、あんな事になっていて……」

そのときの様子を思いだしたのか、小金沢の顔は真っ青だ。

「上野ななをさんと森永専務の不倫を、緒方阿都子さん……社長さんも知っていたのでしょうかな？」

猿渡が訊く。

「社長はどうでしょうか」

小金沢は首を捻った。

「社長は社員たちとは歳が離れてますからね。一緒に飲むこともないし。この手の話には疎いかもしれません」

「そうですか」

その後、しばらくして刑事二人は小金沢を解放した。

＊

椎葉尚人が指定してきたのは出水《いずみ》神社神苑・水前寺《すいぜん》成趣園《じじょうじゅえん》、通称、水前寺公園だった。

「いい所ねえ」

四百円の拝観券を購入して公園内に足を踏みいれると静香が声をあげる。正面に大きな池があり、その向こう岸に富士山に見立てた築山《つきやま》が見える。桃山様式を代表する優美な回遊式庭園である。

「あの人じゃないかしら」

静香が右手にある木陰のベンチを指さした。そこに三十歳前後と思《おぼ》しき男性が一人、坐《すわ》っている。

「行ってみましょう」

声をかけると、男性はやはり熊本の歴史研究家、椎葉尚人だった。

「光栄です」

自己紹介を済ますと椎葉は相好を崩した。

「高名な歴史学者のかたがたが訪ねてくれるなんて」

「しかも美人」

静香が言うと、椎葉は一瞬、虚を衝かれたように目を丸くしたが、すぐに笑った。

「たしかにその通りです。お三かたとも、飛びきりの美人だ」

ひとみは否定しようと思ったが、自分の美を知りぬいている静香の手前、何も言わなかった。

（飛びきりの美人ってホントのことだもんね）

ひとみは心の中で開き直った。

「お訊きしたいのは上野ななをさんのことなんです」

鯉《こい》や鮒《ふな》が泳ぐ池の周りを歩きながら四人は話を始めた。

「痛ましいことが起きてしまいました」

椎葉は真顔になった。

「椎葉さんは三十三歳で独身よね」

「はい。よくご存じで」

「今はネットで予習ができるので」

「なるほど。しかしその簡単な予習さえ省く人が多いのも実情です」

「椎葉さんもよくその実情をご存じで」

「若い人を集めて研究会のようなものを開いていますので、その際に感じたことです」

椎葉と〈アルキ女デス〉の三人は徐々にうち解けて話をするようになった。

「その若い人の中に上野ななをさんもいた」

「はい」

「上野さんは二十九歳で独身。ちょうど椎葉さんとお似合いに映るけど……」

静香の発言の真意が摑めないのか、椎葉は答えない。

「あなたと上野さんは、つきあっていたという事はないの？」

「僕と上野さんが？」

「ええ」

「それはありません」

椎葉は苦笑した。

「僕と上野さんは、あくまで師弟関係です」

「お似合いなのに」

「そうでしょうか」

「そうよ」

「だとしても、そういう発想はなかったですね。もっぱら学問上のつきあいだけです」

「学問……」

「上野さんは勘がよくて気が利くから、よく資料整理やら何やら手伝ってもらいました。それに見栄えがいいからイベントに借りだしたり。そのせいで会社を休ませてしまったことも何度かありました」

「それはよくないわね」

「反省しています。でも上野さんも嫌々僕の手伝いをしていたわけではないと思います」

「あなたが好きだったとか？」

「いえ、僕の仕事が好きだったんでしょう」

「そうかしらね。じゃあ、あなた以外でもいいから上野さんに誰かつきあっている人がいたとかは？」

「それはいないでしょうね」

「判るの？」

「飲み会の席などで〝カレシが欲しい〟と言っていたことがあります。もっともそれがただの冗談なら、それ以上のことは僕には判りませんが」

「あなたには、おつきあいをしている女性はいないのかしら」

「残念ながらいません」

「あら、もったいない」

「静香、思わず本音を漏らさないでくれる？」

「だって、椎葉さんはイケメンだし、土地の名士だし、本当にもったいないと思ったのよ」

「名士だなんてとんでもない」

イケメンの方は否定しないのだろうかとひとみは思ったが黙っていた。

「だったら東さんが名士？」

「あの人ですか」

声の調子から椎葉が東のことを名士と認めたくないことが判る。

「あの人は狂っています」

「上野さんにストーカー紛《まが》いのことをしていたらしいわね」

「ご存じでしたか」

「上野さんが〝千姫の生まれ変わり〟と自称していたことが気に入らなかったとか」

「本当は僕に対する恨みだったんでしょう」

「あなたに？」

「僕が唱えている秀頼生存説に真っ向から反対していましたから」

「あら、秀頼生存説って静香と同じじゃない」

ひとみが割って入る。

「それは光栄です」

「あたしは別に生存説じゃないわよ。ただそういう考え方もあるって理解を示してるだけ」

「それでも光栄です」

椎葉がかなり上機嫌になった。

「で、根拠は？　秀頼がこの熊本までやってきたかもしれないっていう根拠は何？」

ひとみが歴史学者の目になって椎葉に尋ねる。

「大坂城が落城した際、秀頼が絶命した瞬間を目撃した人物が誰もいないんです」

「そういえばそうね」

「死体も発見されていません」

「死んだ、とする証拠がないわけね」

「ええ。平戸《ひらど》にいたリチャード・コックスという人物が東インド会社に送った手紙にも〝秀頼は薩摩《さつま》、琉球《りゅうきゅう》に逃げた〟と記されているんです」

「薩摩、琉球か」

「でも僕は昭君之間に注目しているんですよ」

「ショークンの間？」

「ええ。熊本城には昭和の君と書いて昭君之間という部屋があるんです」

「それが？」

「襖《ふすま》や壁などに中国の絶世の美女、王昭君《おう》の物語が描かれているからそう呼ばれてるんですが、これは実は〝将軍の間〟の隠語ではないかという説が昔からあるんです」

「〝昭君之間〟が〝将軍の間〟……」

「ええ。つまり秀頼です」

「秀頼がその部屋に匿《かくま》われていたっていうのね？」

「その通りです」

「ホントかしら」

「否定する証拠もないのよ」

静香の言葉にひとみは反論しない。

「加藤清正は二条《にじょう》城で秀頼が徳川家康に謁見した際に同席してるでしょ」

「秀頼に事あれば家康と刃を交える覚悟だったって言われてるわよね」

「そう。そこまで秀頼のことを考えていた。自分の城に秀頼を匿ったって不思議はないのよ」

「ありがとうございます」

椎葉が静香に頭を下げた。

「お礼を言われても困るわ」

「東さんがいつも反対してるから、賛成者が現れて嬉《うれ》しかったんでしょ」

ひとみが冷めた見方をする。

「そうかもしれません。でも意見の違いは学界では当たり前のことですから……。ライバル関係も当たり前の現象でしょう。その結果、人によっては激しくライバルを恨んでしまうことがあっても不思議じゃない」

「達観してるのね。東さんに理解があるみたい」

「そういうわけではありません。僕も、ほとほと困っているんです。そして東氏はどういう人物なんだろうと、さんざん考えました。その結果、辿りついた心境ですよ。〝激しくライバルを恨んでしまうことがあっても不思議じゃない〟って思ったのは」

「苦労したのね」

「ええ」

「それで、上野さん殺害の犯人は東さんだと思う?」

静香はズバリと核心を訊いた。

「強盗の仕業ではないんですか？」

「強盗か怨恨か……警察でもまだ確信は得ていないみたいね」

「そうですか」

椎葉は何かを考えている。

「上野さんは用心深い人でした。自宅にいるときはもちろん、ドアには鍵をかけていたでしょう。その自宅で殺されていたということは、顔見知りの犯行ではないでしょうか」

「なるほどね」

静香たちは上野ななをの人となりを徐々にだが摑み始めていた。

＊

猿渡刑事と村上刑事は再び〈ベアーブック〉本社に森永専務を訪ねていた。

「まだ何か？」

森永は警戒するような口調で訊いた。

「三月三十日の午後四時頃、あなたはどこにいましたか？」

「アリバイですか？」

「どうしてアリバイだと？」

「だって……上野さんの死亡推定時刻でしょう？　その時刻は」

「その通りです。よく把握していらっしゃる」

「新聞に出ていますよ」

村上は注意深く頷く。

「しかしどうして私のアリバイを……」

「関係者全員に訊いていることです」

「先日、お会いしたときには訊かれませんでしたが……」

「新たな情報を入手しましてね」

「それは？」

「あなたと上野ななをさんが男と女の関係にあったという情報です」

「そんな……」

森永は明らかに狼狽《うろた》えている。

「誰がそんなことを」

「社内のかたはみんな知ってるそうですな」

猿渡が森永に軀を寄せて尋ねる。その様子から森永は自分に疑いがかかったことを悟ったようだ。

「それが罪になるんでしょうか？」

「私はなると考えます」

「え？」

猿渡の答えに森永はさらに狼狽えた。

「道徳的に罪でしょう。もちろん法的な罪には問えませんが」

猿渡の真意を測りかね、森永は視線を泳がせる。

「ただし法的な罪には問えなくても、そのことが動機に繋がる可能性が出てくるのですよ」

「動機……」

「そもそもあなたはどうして上野さんと、そのような関係になったのですか」

どうも猿渡の個人的興味から訊かれたような気もしたが、反論する気力も萎えていた森永は正直に答える。

「金ですよ」

「金？」

「私は一応、会社の専務をしています。それなりに金を持っている。お金のない若い娘から見たら魅力的に映ったのではないですか」

「金というと……」

村上の目が光った。

「横領などはしていませんよ。すべて私の給料の範囲内です。それで高級レストランに連れていったり、高価なプレゼントをしたり」

猿渡は溜息をついた。

「それで上野さんはあなたに、くっついていた」

「冷静に考えるとそういう事になるでしょうね。私も自分に男性的魅力があると思っているほど自惚《うぬぼ》れてはいません。ナイスミドルとはほど遠い容貌です」

猿渡はあえて何も答えなかった。だが森永の赤裸々な告白に少し好感を持った。

「上野さんとトラブルは？」

「ありませんよ」

森永はすぐに答えた。

「交際は順調でした」

「そうですか……。では、あらためまして先ほどの質問に答えてください。あなたは三月三十日の午後四時頃、どこにいましたか?」

「その日は……」

森永も観念したようだ。

「仕事中でした」

「具体的には?」

「ちょっと待ってください」

森永は脇に置いてある鞄《かばん》からシステム手帳を取りだして二人の刑事に隠すようにしてパラパラとめくる。

「〈ベアーズ観光〉に出向いていました」

「その会社は?」

「当社の子会社です」

「正確な時刻は?」

「アポイントが午後三時です。それで一時間ほど〈ベアーズ観光〉にいて、そこを出たのがちょうど午後四時です」

村上がチラリと猿渡を見た。

「その証言が本当だとすると、あなたにはアリバイがあることになる」

「よかった」

森永が思わず漏らす。

二人の刑事は席を立った。

＊

〈アルキ女デス〉の三人は東毅一郎を訪ねていた。

場所は熊本市内にある東毅一郎の自宅一軒家である。

東は六十三歳。さほど背は高くないが、ヒョロリと痩せているので実際より高く見える。皺だらけの細長い顔に爛々《らんらん》とした目がやけに目立つ。

「とつぜんお邪魔して申し訳ありません」

普段は口が悪いが礼儀も心得ている静香だから、挨拶も如才なくこなす。だが東は相当に偏屈な人物なのか、返事をせずに目を剝《む》いただけだ。

「あなたが上野ななをさんを殺したの？」

その態度に頭に来たのか静香がいきなり切りこんだ。

「なに」

「あなたには動機がある」

「無礼だぞ」

「あなたは上野ななをさんをつけまわしていたそうじゃないの」

「人聞きの悪いことを言うな。考えを改めさせようとしていただけだ」

「人の考えをむりやり変えることはできないわ。また、するべきでもない」

「むりやりではない。理に適《かな》っている考えを教えようとしただけなのだ」

「それがむりやりっていうのよ」

「秀頼が生き延びたなど荒唐無稽もいいところだ」

「それ、椎葉さんの問題で、上野さんとは関係ないんじゃない？」

「あやつらは一心同体だ」

茶も出ていないことにひとみは気がついた。気がついた途端に喉が渇く。

「上野ななをは自分を千姫の生まれ変わりだと称しておった。それは秀頼が生き延びたことを暗に仄《ほの》めかしてもおるのじゃ」

「呆《あき》れた。それってただの言いがかりじゃない」

「坊主憎けりゃ袈裟《けさ》まで憎い。あなたが上野さんを追い回したのは、実は椎葉さんを追い回していたという事なのかもしれませんね」

渇いた喉でひとみが言った。

「許せん」

東が呟いた。

「え？」

「みんなわしを馬鹿にしおって」

「東さん……」

「馬鹿にされるべきなのは椎葉の説であろう」

ある意味、正論だった。豊臣秀頼は大坂の陣で自害したという教科書に載っている説を東は主張している。

それに対して椎葉は奇を衒《てら》うような〝豊臣秀頼は大坂の陣で自害せずに生き延びた〟という説を主張しているのだ。

「たしかにそうね」

静香の呟きに東は意外そうに目を丸くした。

「静香……」

「あたしもそんな突拍子もない説を主張する男を知っている」

「カレシ？」

ひとみの質問には静香は答えなかった。

「でも、誰にでも自分の信じる説を主張する権利はあるし、信じていなくても試しに言って様子を見る権利だってあるのよ」

「やはり椎葉の肩を持つのか」

「肩を持つわけじゃない。でも椎葉さんの方があなたより目立つことは確かね。あなたはそれがおもしろくないんでしょ」

「なに」

東の顔が瞬時に赤くなった。

「あなたは上野さんを中傷するようなビラを配ったそうね」

東は返事をしない。

「本当のことだから反論できないのね」

「そこまで言うのなら教えよう」

東が低い声を出す。

「わしにはアリバイがある」

「え？」

「こんな事をわざわざ言うのも癪《しゃく》に障るが、真実を明らかにするためには仕方がない」

東はそう言うとスマホを取りだし操作する。

「ここじゃ」

画面を静香に見せる。

「日記じゃ」

静香は素早く該当箇所に目を走らす。

——三月三十日　午後三時
熊本市の歴史研究会で講義

静香は東の顔を見た。

「その講義は一時間ほどかかった。終わったのが午後四時だ。場所は市民会館の一室だ。犯行現場まで小一時間はかかる場所だ」

「犯行は無理ね」

「静香……」

「さすがは高名な歴史学者だけのことはある。素直でよろしい」

「真実を愛しているだけよ」

静香はスマホを返した。

＊

〈アルキ女デス〉の三人は荒木三千留の紹介で〈ベアーズ観光〉に出向き、応接室で三人の社員たちに話を聞いていた。

運転手の田尻征二《たじりせいじ》。バスガイドの宮崎由紀《みやざきゆき》、松本啓子《まつもとけいこ》である。壁には〈がんばれベアーズ〉という扁額《へんがく》が掛けられている。

「今日は疲れました」

田尻が口を開いた。田尻は三十三歳。もっさりとした大柄な男で、歳よりも老けて見えた。

「警察に事情聴取されたんでしょ？」

「そうなんです」

だがどこか田尻は嬉しそうだ。美人歴女三人に囲まれているせいかもしれない。

「それって、アリバイを訊かれたってこと？」

田尻の笑顔が引っこんだ。

「誤解です」

慌てて弁解する。

「たしかにアリバイを訊かれましたけど、それは私のアリバイじゃありませんよ」

「あら、誰のアリバイ?」

「〈ベアーブック〉の森永専務です」

答えたのは宮崎由紀だった。宮崎由紀は二十歳の若いバスガイドだ。小柄だが、クリクリした目がよく動く明るい娘だ。

「どうして森永専務が?」

「森永さん、上野さんと不倫してたんです」

松本啓子が答える。

「不倫?」

松本啓子が神妙な顔で頷く。だがどこか嬉しそうでもある。啓子は二十一歳。宮崎由紀の一年先輩だ。背が高く、細面の美人だった。目も切れ長で、鋭い印象を放っている。

「ええ。だから動機があるって警察から疑われたんじゃないかしら」

「ですね」

啓子と由紀が盛りあがり始めた。

「男女の愛がもつれて殺意にまで発展する……。たしかに世間ではよくある動機かもしれないわね」

「でも森永さんは犯人じゃなかった」

啓子が〝残念ながら〟といったニュアンスを醸しだしながら言う。

「そうなの？」

「ええ。犯行時刻の当日午後四時には、森永さんはここにいたんです」

「あら」

啓子と由紀が田尻そっちのけで話している。田尻も口を挟むことができない。

「完璧なアリバイね」

静香の言葉に〈ベアーズ観光〉の三人は同時に頷いた。

「でもなんだか厭《いや》ね」

「そうよね。親会社で殺人事件が起きたなんて」

「しかも去年、社長が事故で亡くなっているのに」

「そうだったわね」

「二年続けて凶事が起こるなんて」

啓子が軀をゾクッと震わせ、両腕で巻きつけるようにして軀を包む。

「同情するわ」

啓子の言葉にひとみが応える。

「偶然かしら」

静香がポツリと呟いた。

「え？」

ひとみが聞き咎《とが》める。

「どういう事よ」

「同じ会社の中で一年の間に二人の人間が死んだのよ。何か関連があるんじゃないかしら」

「偶然でしょ」

ひとみが即座に反論した。

「でもどっちも自然死ではない」

病死ではなく、一応の事故死に殺人……。

「これは調べてみる価値はありそうよ」

「調べるって、何を」

「決まってるでしょ。一年前の緒方基男の転落死よ」

「静香……」

「あなたたちは何か知らない？」

「いいえ」

田尻はブルブルと顔を左右に小刻みに振った。

「そう」

訊くことを訊くと〈アルキ女デス〉の三人は丁寧に礼を言って〈ベアーズ観光〉を後にした。

3

〈アルキ女デス〉の三人は再び荒木三千留に話を聞いていた。

「忙しいのにごめんなさいね」

「いいえ」

三千留は猪口《ちょこ》を持ちあげてニッコリと笑った。市内の居酒屋である。今日の静香は、あか牛の焼き肉を食べている。〝阿蘇王《あそおう》〟の愛称で親しまれる赤茶色の毛並みをしたあか牛は、あっさりとしてヘルシーだ。

「東子さんの頼みなら喜んで時間を作るわ」

「ありがとうございます」

東子が丁寧に頭を下げる。

「それで、今日は何をお訊きになりたいの？」

「緒方基男さんのことよ」

「基男の……」

静香の言葉に三千留の顔から笑みが消えた。

「ごめんなさい。厭なことを思いださせてしまって」

「まだ基男さんが亡くなってから一年しか経ってないんですもんね」

「そうね」

ひとみの言葉に三千留が寂しそうな顔を見せる。

「でもあの事故の何を？」

「ちょっと不審に思っているの。転落と殺人が続けて起きたことに」

三千留がハッとしたように静香を見つめた。

「やっぱり、基男も殺されたと？」

「それは判らないけど……。でも、殺人とか転落死って、普通は滅多に起きるものじゃないわよね」

「そうね」

「それが同じ会社で、一年という間を置いて二件も起きた。この〝一年〟という期間を短いと見るか長いと見るかにもよるけど、あたしは短いと思うわ」

三千留は頷く。静香の〝短い〟という意見に異存はないのだろう。

「早乙女さんもそう思うのね。警察でも最初は、殺人を疑ったし……。でも結果的には基男の死は事故死と断定された。殺人だという証拠は何一つなかったから」

「でも今回、同じ会社で二つ目の事件が起きたら話は違ってくるわ」

三千留は頷く。

「警察は、一度片づいた基男さんの死については再調査をしないでしょうけど」

「よっぽどの新しい証拠が出ない限りしないでしょうね」

「その証拠を探すのよ」

「でも……。具体的には、二つの死はどう繋がるっていうの？」

「それを知るためにも、いろいろ基男さんの転落についてお訊きしたいんです」

「わかったわ」

「事故が起きたのは一年前よね」

「一年前の二月二十六日です」

「崖から落下したということだけど」

「俵山峠の崖です」

「俵山峠は知ってるわ。夕景が綺麗《きれい》なのよね」

「ええ」

「何時ごろ落下したのかしら？」

「正確な時間は判らないんだけど」

「そうよね。遺体は崖の下に長時間、晒《さら》されていたんですものね」

「それでも鑑識の見解だと、発見時に死後十時間ぐらい経っていたということなの。発見されたのが朝の七時だから、死亡推定時刻は前日の夜九時頃ということになるわね」

「そんな時間に俵山峠に？」

「基男にはそういうところがあったのよ」

「そういうところって？」

「夜中に車でドライブするのが好きだったの」

「俵山峠までは自分の車で？」

「そう。車はそのまま崖の上に残されていた。だから車を降りて、夜の景色……もしかしたら星を眺めているうちに、暗いから柵のないところに迷いこんで、足下の目測を誤って転落したんじゃないかって」

「それが警察の見解ね」

「ええ。わたしもそれが真実だと思う」

「そして〈ベアーブック〉はあなたが引き継いだ」

「主人の会社を潰したくはなかったし、他の人にも渡したくはなかった」

「経営状態は？」

「順調ではありませんでした」

「でもあなたは一度経営に携わりながらなぜか〈ベアーブック〉を手放す」

東京に移住して、再婚した。

「手放すといっても他人に渡すわけじゃないわ。義母に引き継いでもらうのだから、どちらかというと〝返す〟というニュアンスかしら」

「なるほどね」

静香は喉を潤す。

「一年経って、あなたは再婚した」

三千留の頬がピクリと動いた。

「ごめんなさい。責めてるんじゃないの。事実を言ったまでよ」

「そうね」

「再婚相手のことを聞かせてくれる？」

「相手は……」

「あなたのストーカーだったって聞いたけど」

「誤解だったの」

三千留はニッと笑った。

「荒木さん……再婚相手だけど、この人はもともと誤解されやすい性格なのよ。人見知りが激しくて内向的で、自分の気持ちを素直に表せない。そんな性格だから友だちも少なくて相談する相手もいない」

「でも……」

「荒木は、わたしが基男と結婚しているときからわたしのことが好きだったの。そのときからわたしに求愛していたから、わたしも周りも、てっきりストーカーだと思っていたけど、今では、きちんとした人だったって判るわ」

「でもあなたをつけ回していたんでしょ？」

「好きだから」

三千留は淡々と言った。

「わたしのことが好きだから……。それがあの人の誠実な気持ちなのよ」

「でも、あなたは結婚してたのに」

「つけ回したと言っても、度を越してはいなかったわ。わたしが結婚している事実をきちんと告げると、彼は諦めてくれた」

「ホントに？」

「ええ。それが、基男が亡くなったと知って、過去の自分の気持ちが再燃したらしいの」

「その気持ちをあなたも受けいれた」

「そうなるわね」

「理解できないわ」

「静香……」

ひとみが少し咎めるような口調で静香に声をかける。

「そんなの三千留さんの自由でしょ」

「そりゃそうだけど」

「たしかに他人から見れば再婚まで早いですよね」

その点は三千留も認めた。

「でも、荒木さんはわたしの好みのタイプだった。だから心理面では不可解なことはないと思います」

「好みのタイプねえ」

「それにちょうど一年経ったんです。基男のおかあさんも認めてくれていることなんです」

「そうだったわね」

そう言われては静香もそれ以上、この話題に深入りするわけにはいかなかった。

*

路面電車に乗って指定された市内の甘味処に着くと〈ベアーブック〉の社員、小金沢京太は先に来ていた。

「荒木っていう人のことを知りたいのよ」

渋茶と〝いきなり団子《だんご》〟を注文すると静香は切りだした。いきなり団子は甘みの強いサツマイモと餡《あん》をモチモチの生地で包んだ菓子だ。

「前社長と結婚した人ですね」

　他の三人も同じものを注文する。

「ええ。ストーカーっぽい人」

「本物のストーカーですよ」

「え？」

「ずっと三千留さんをつけ狙っていたんだから」

「だけどそれは誤解だって三千留さんが言ってたわ。じゃなきゃ結婚しないでしょう」

「そこが不思議なんです」

　小金沢は身を乗りだした。基本的に話し好きのようだ。

「最初は三千留さん……前社長もストーカーだと認めて厭がっていたんですから」

「へえ」

　また静香は驚いた。

「会社や自宅の近くで何度も目撃したって言ってましたよ。それを聞いて僕は三千留さんの命の危険を感じたほどです」

「ストーカーって、最終的に相手を殺す事件も多いものねえ。一度狙われたら、危険を無くすことは本当に大変だと思うわ」

「でも、それが誤解だったとは……。僕も三千留さんのプライベートな部分までは知らないので、勝手に心配していただけなんですね」

「そうよね。結局、荒木さんは三千留さんの好みのタイプだったんだもんね」

「そうかもしれません。僕も荒木という人はチラリと一瞬、見ただけでしたが、なかなかのイケメンでしたよ」

「ちょっと待って」

ひとみが静香と小金沢の話を遮った。

「イケメン……」

ひとみが呟く。

「何よ」

「判った気がする」

「判ったって、何がよ」

「この事件の絡繰《からく》り」

「マジ？」

ひとみは頷いた。

「教えてください」

東子がひとみに言う。

「言えないわ」

「何それ」

「だって、あまりにも恐ろしい真相なんだもの」

「あなたでも恐れるって気持ち、あったんだ」

「当たり前でしょ。わたしは純情可憐《かれん》な乙女《おとめ》なのよ」

「気になりますね」

小金沢が口を挟む。

「そうですね」

東子も小金沢の言葉に同意する。

「言いなさいよ」

「仕方ないわね」

みなに発言を迫られて、ひとみは覚悟を決めた。

「あのね」

「うん」

静香がひとみに顔を寄せる。

「もともと三千留さんと荒木さんって、できてたんじゃないかってこと」

誰も返事をしない。

「ど、どういう事ですか？」

小金沢が動揺した様子で聞きかえす。

「鈍いわね」

ひとみは静香のような傍若無人な言葉を吐いた。

「つまり、最初から三千留さんが荒木さんと浮気をしていたのよ。それで邪魔になった夫——基男さんを殺害した」

「え！」

小金沢が大声を出す。

「そしてほとぼりが冷めた一年後……三千留さんと荒木さんは晴れて結婚した」

「鋭い」

「仮説の段階よ」

「それでも鋭いです」

小金沢はひとみの説に感心しているようだ。

「たしかにそう考えれば辻褄《つじつま》が合いますよ。前社長がストーカーと結婚したことも」

「そうね」

静香は東子を見た。

「あなたはどう思う？」

「筋が通っていると思います」

そう答えた東子の目には、悲しみの影が宿っていた。

＊

〈アルキ女デス〉の三人は阿蘇五岳《ごがく》を望める展望露天風呂で湯船に浸かっていた。

「何かがおかしいのよね」

静香が自分の二の腕に湯をかけながら言う。

「何がでしょうか？」

東子が訊く。静香の右隣に東子。左隣にひとみがいる。

「それが判らないのよ」

「わたくしも腑《ふ》に落ちない点があるのです」

「それは？」

「緒方基男さんと三千留さんは、とても仲がよかったんです。それがあっさりと別の男性と再婚してしまうなんて」

「お嬢様ね～」

ひとみが笑いを含んだ声で言った。

「どんなに仲がよくったって壊れるときには壊れる。それが男女の仲よ」

「あなたすぐ壊れるもんね」

静香が茶々を入れる。

「失礼ね。あなたも、そうならないようにお気をつけて」

「あたしは大丈夫よ。あたしたちはなんだか運命に導かれて一緒になったような気がするの。だから、たとえどちらかが過酷な状況に陥っても、お互いに別れたりはしないでしょうね」

「何よ、過酷な状況って」

「そうね。たとえば犯罪に巻きこまれるとか」

「あなたよく巻きこまれるもんね」

「あなただって」

次元の低い争いになってきた。

「それでもお互いの気持ちは変わらない。たとえどちらかが犯罪者になってもね」

静香が言葉を切った。

「ちょっと待って。あなたいま何て言った？」

「何も言ってませんけど」

「じゃあ、あたし」

「あなたは〝たとえどちらかが犯罪者になってもね〟って仰ってたような」

「それだわ」

「どれ？」

静香が立ちあがった。均整の取れた静香の美しい裸身から湯が弾《はじ》け飛ぶ。

「判ったわ」

「何が判ったっていうの？」

「犯人よ」

「嘘《うそ》……」

「秀頼はやっぱり生きていたのよ」

「はぁ？」

静香はスタスタと扉に向かって歩いていった。

*

熊本城に関係者が集まった。

〈アルキ女デス〉の三人。

〈ベアーブック〉関係者である荒木三千留、緒方阿都子、森永拓也専務、古閑正人部長、社員の小金沢京太。

〈ベアーズ観光〉関係者である、運転手の田尻征二、バスガイドの宮崎由紀、松本啓子。

歴史学者の椎葉尚人、東殺一郎。

熊本県警の猿渡恭雄、熊門署の村上隆治である。

「どういう事だね」

猿渡刑事が低い声で静香に言う。

「お伝えした通りの意味よ。犯人が判ったの」

「本当かね」

「ええ」

「だったら教えてもらおう。犯人は誰なんだ」

「上野ななをさんを殺害した犯人は……」

静香が集まった人たちの顔を順々に、ゆっくりともったいをつけて眺めてゆく。

「緒方阿都子さん。あなたです」

静香はズバリと指摘した。

「阿都子さんが？」

猿渡刑事が怪訝そうな声を出す。

「そうよ」

「おもしろいご意見だこと」

阿都子が頬笑みを浮かべて言った。

「早乙女さん。馬鹿なことを言っちゃ困る。阿都子さんが自分の会社の社員を殺す理由などないじゃないか」

「そうよ」

三千留も猿渡刑事に加勢する。

「いったいどうして義母《はは》が上野さんを殺さなきゃならないの？」

「秘密を知られたから」

「え？」

阿都子の頬がピクリと動いた。

「緒方阿都子さんは、絶対に知られてはいけない秘密を上野ななをさんに知られてしまった。それで殺さざるをえなくなったのよ」

「何なんですか。〝絶対に知られてはいけない秘密〟とは」

「話は一年前の事故に遡るわ」

「一年前の事故とは……緒方基男さんが俵山峠の崖から転落死した事故かね」

「そうよ」

「あの事故がどう関わっているというんです」

「あれは事故じゃなかった」

「事故じゃなかったら何だと仰るの？」

「殺人……」

猿渡刑事と村上刑事は顔を見合わせた。

「早乙女さん」

村上刑事が静香に声をかけた。

「たしかに緒方基男さんの死は殺人の線でも捜査しました。しかし証拠がなく、事故と見なされたんです」

「それが事故じゃなかったのよ」

猿渡刑事は大げさな溜息をついた。

「殺人だとしたら、犯人は誰なんですか」

「緒方阿都子さん」

沈黙が流れた。

「早乙女さん。あなた何を言ってるの？」

三千留が険しい顔で詰めよる。

「真実を」

「基男を殺した犯人がお義母さんだなんて……。基男はお義母さんの実の息子なのよ」

「はい」

静香は冷静だ。

「ふざけてるようではありませんな」

猿渡刑事が声をかける。

「いたって真面目よ」

「どうして阿都子さんが実の息子を殺さなければならないのか、説明してもらいましょうか」

みなが静香に注目する。

「阿都子さんは基男さんを殺してはいないわ」

「はぁ？」

三千留が頓狂な声をあげた。

「早乙女さん。あなたは基男を殺したのはお義母さんだって、いま言ったばかりじゃないの」

「そうは言ってないわ。犯人は緒方阿都子さんだって言っただけよ」

「同じ事でしょう」

猿渡刑事が言う。

「そうじゃないの。みんなは騙《だま》されていたのよ」

「騙されていた？」

「ええ」

「誰に」

「緒方阿都子さん。そして三千留さんに」

「どういう事ですかな」

「死んだのは緒方基男さんじゃなかった」

「え？」

誰もが静香の言葉に驚いた。

「あの事故で亡くなったのは緒方基男さんじゃなくて、三千留さんにつきまとっていたストーカーの荒木智之だったのよ」

「殺されたのは荒木智之……」

「まさか」

「残念ながらそう考えるしかないわね。一連の事件を矛盾なく説明するには」

「しかし……」

「基男さんが亡くなる直前の〈ベアーブック〉の経営は苦しかったって聞いたわよ」

「そうだったわね」

「その経営難を立て直すには多額の資金が必要だった」

「その金に緒方基男さんの生命保険金が充てられたというのか」

「そういうこと」

阿都子も三千留も返事をしない。それは肯定を物語っていた。

「基男さんが亡くなったことは悲劇だけれど、会社の経営はそのことによって持ち直した」

「そんな言い方はやめて」

「もしこれが巧妙に仕組まれたものだったらどうかしら」

「つまり」

猿渡刑事が頭の中で素早く考えを組み立てる。

「緒方基男さんと荒木智之さんが入れ替わっていると？」

「その通りよ」

「判りません。どういう事ですか？」

森永専務がオロオロしながら訊く。

「緒方阿都子さん、いいえ、実行犯は緒方基男さん、三千留さん夫婦かもしれないわね。いずれにしろ三人は、共謀してストーカーであった荒木智之さんを殺したのよ。そして死体を緒方基男さんのものだと偽装した」

「そんなことが……」

村上刑事が絶句する。

「阿都子さんもそのことを黙認した」

「緒方基男さんの遺体の確認だってしているんだ」

「緒方基男さんの身元を確認したのは誰ですか?」

静香が猿渡刑事に訊く。

「妻である三千留さんと、母親である阿都子さんですな」

「つまり犯人側の人たちです。その人たちは自分たちの計画にとって都合のいい証言をしただけなんです」

猿渡刑事の眼球がグルリと動いた。

「いったい何のために」

「だから、会社を存続させるためよ。加えて、妻である三千留さんをストーカーから守るため」

猿渡刑事は三千留を見た。

「計画したのは基男さんだというのか」

「そうでしょうね」

「しかし、いくら会社のためだとはいえ、そこまでやるだろうか」

「経営者にとって自分の会社は我が子も同然だと聞いたことがあるわ。もしそうだとしたら、我が子が死に瀕《ひん》していたら助けたいと思うのは当然じゃないかしら」

「だけど結果的には基男さんは会社を手放していますよ。殺人まで犯して会社を守ろうとしたのにおかしくないですか？」

村上刑事が反論する。

「手放しても会社は残る。子供が独立したような感覚かもしれないわね」

「それに妻が、そして今は母親が継いでいるのだから、他人の手に渡ったわけでもない」

ひとみが援護射撃をする。

「人殺しだぞ。いくら会社を守るためとはいえ」

「殺さなければ殺されるとしたら？」

「は？」

「殺した相手は荒木智之よ」

「ストーカー、か」

村上刑事が呟く。

「ストーカーが相手を殺す例は枚挙に遑《いとま》がないわ。ストーカー殺人は跡を絶たないでしょ？」

「残念ながら、警察はストーカー殺人を阻止できないでいる」

ストーカーによる殺人はニュースでよく見かける記事だ。逃げても逃げてもストーカーは居場所を突きとめて追ってくる。

「基男さんはそれを防ぎたかった。自分の妻がストーカーに狙われた。このままでは殺されると思ったのでしょうね。だから相手を殺すことによって妻を守ったの」

「そっちが本当の動機だったのかも」

ひとみが呟いた。

「しかしその計画を実行すれば自分は死者として扱われる。違う人物となって一生を過ごすことになるんだぞ」

「保険金によって会社を救い、妻をストーカーの危険からも守ることができる。なおかつ、自分は捕まらずに済む。元の名前は死ぬけど、実際には生きて妻と暮らすことはできる」

「この計画に賭けてみる価値はあると、基男さんが思っても不思議はないでしょう」

猿渡刑事は頷いた。

「その秘密を上野さんは嗅ぎつけてしまったっていうんですか？」

「嗅ぎつけたというより」

静香は阿都子を見た。

「上野さんは基男さんを見てしまったんじゃないかしら」

「え」

村上刑事が阿都子を見た。

「だから殺された」

「見たって、どこで？　もし早乙女さんが言ったこと……緒方基男が荒木智之に成り代わっているのだとしたら、東京にいる緒方基男は、のこのこ熊本までやって来はせんでしょう。それこそ知っている人間に見られるかもしれんのですから」

「だったら上野さんが東京で見たとか」

そう言うと静香は〈ベアーブック〉の社員たちを見回した。

「上野さん、この間、東京に行きましたね」

小金沢が言った。

「ホント？」

「ええ。好きなバンドのライブを観《み》に行ったんです」

「その時のことを何か言ってなかったかしら」

「いま思えば〝秀頼の幽霊を見た〟って言ってましたよ」

「秀頼の幽霊？」

「ええ。どんな意味だって訊いたら〝言ったら馬鹿にされるから〟って教えてくれなかった」

「もしかしたらそれが緒方基男さんだったのかも」

「そうかもしれない。何かの折に現社長……緒方阿都子さんにそれとなく〝基男さんに兄弟はいますか？〟なんて訊いたかもしれないわね。あまりにも似てたもんだから」

「その質問で、阿都子さんはすべてを察した……」

「ちょっと待ってよ」

三千留が口を挟んだ。

「さっきから黙って聞いていたら言いたい放題ね。調子に乗るのもいい加減にしたら？」

三千留が反撃に転じた。

「上野さんが殺されたのが三月三十日。わたしとお義母さんはその日、東京にいたんですけど」

「荒木智之さんとの結婚式ね」

「プラス、夜の八時には知人を招いて結婚披露パーティをしていたわ。それでどうやって熊本にいる上野さんを殺すことができるっていうの？」

「東京といっても、着いたのは朝早くよね。だったら、そこから午前中にまた熊本にとって返すことは可能だわ」

「わたしは午前中一杯、結婚式の準備で東京にいたわよ。買い出しやら何やらしてたから、店員さんとか、証人ならたくさんいるわ」

「阿都子さんは？」

静香は阿都子に目を向ける。

「阿都子さんなら帰れるわよね」

「帰れますな」

猿渡刑事が同意する。

「帰ることは可能でも、実際には帰っていない。お義母さんは夜の東京のパーティに出ているんですから」

「殺した後に帰ることもできるでしょう」

「そうね。東京から熊本に帰った阿都子さんは午後四時頃、上野ななをさんを殺害する。そしてすぐにまた東京に戻って、午後八時からのパーティに出席したのよ」

「移動は飛行機だな?」

「当然、そうなるでしょうね。搭乗券は偽名で購入したんだと思う」

「ちょっと待ってください」

古閑部長が口を挟んだ。

「その日、ちょうど午後七時半ごろ、上野さんから電話がありましたよ」

「なに」

村上刑事が鋭い目で古閑部長を見つめた。三千留が笑みを浮かべる。

「上野さんは何て?」

「明日、休みますと」

「午後七時三十分に電話があったということは、その時点で上野さんは生きていたことになります」

「検死による死亡推定時刻は?」

「幅がありますから、午後七時三十分ならその範囲内には入ってますな」

「阿都子さんがその後に上野さんを殺害したとして、午後八時からの東京のパーティには当然、間に合いません」

村上刑事の言葉に猿渡刑事は頷いた。

「アリバイ成立ね」

三千留が勝ち誇ったように言う。

「アリバイは成立しないわ」

「え？」

「どういう事ですかな」

「予《あらかじ》め上野さんの声を録音しておけばいいのよ。それを電話で流せば」

「録音って……。そんな都合よく〝明日、休みます〟などという言葉を録音できるわけがないでしょう」

「上野さんは会社を休むことがよくあったそうですね」

静香が森永専務を見た。

「それは……」

「ありましたね」

古閑部長が認める。

「私のせいですね」

椎葉尚人が発言した。

「突然、研究やイベントの手伝いを頼むことが何度かありましたから」

「それで休みを？」

「上野さんの会社に対しては心苦しい思いを抱いていましたが、上野さんが〝休んでもいい〟というものですから、甘えてしまいました」

「その時の声を録音したんじゃないかしら」

〈ベアーブック〉の電話にはすべて録音装置がついている。

「そうか。それを使えば、休みの連絡を入れる電話ぐらい、こなせるかもしれない」

「そんなにうまい具合にいきますか？」

猿渡刑事が疑問を呈す。

「会話というものが成りたたないと電話を受ける側だって疑問に思うでしょう」

「会話は成りたつと思うわ」

静香は顎に人差し指を当てながら応えた。

「休みを伝える電話なんてだいたい同じ言葉しか使わないでしょ」

「それはそうですが」

「上野さんの電話はいつも素っ気ないって言ってたわよね」

「はい。たしかに素っ気ないんです。いつも用件が済むとそそくさと切ってしまって」

「〝もしもし〟〝はい〈ベアーブック〉です〟〝上野です〟〝ああ〟〝明日、休みます〟〝明日?〟〝ガチャン〟……。こんな感じじゃないかしら」

静香が身振り手振りを交えて一人小芝居を演じると小金沢が「たしかにそんな感じです」と答えた。

「〈ベアーブック〉にかかってきた電話はすべて録音されてるのよね。その録音を使えば、休みの電話をかけることはできる。つまりアリバイは成立しないわ」

「証拠がないわよ」

「〈ベアーブック〉にかかってくる電話がすべて録音されているのなら、事件当日に上野さんがかけた電話も録音されてるのよね」

「そうなります」

「それを精密に調べたら何か判るかもしれないわよ。リアルタイムで喋《しゃべ》ったのか、それとも録音されたものか」

阿都子と三千留の顔は二人とも蒼白《そうはく》だ。

「緒方阿都子さんは朝早くに熊本から東京に発《た》った」

猿渡が確認するようにゆっくりと話しだした。

「だが、偽名を使って航空チケットを買い、熊本に引き返し、午後四時前後に上野ななを殺害する。一方、東京にいた三千留さんは、予め用意していた上野ななをの録音データを使い、会社に偽装電話をかける」

「それが午後七時三十分ね」

　猿渡は頷く。

「その偽装電話があれば、午後八時にパーティに出席して、アリバイを確保できる」

「うまく考えたわね」

「でも」

　村上が口を挟む。

「証人がいるはずです」

「証人？」

「ええ。荒木智之さんは東京でパーティに出たんですよね？　だとしたら、荒木さんの友人、知人たちが、実際に荒木さんに会っているはずです。もし緒方基男さんと入れ替わっているのなら、その時点で気づきますよ」

「どうなの？　三千留さん」

　三千留は答えない。

「どうやら荒木さんの知人は出席していなかったようね」

「え？」

「荒木さんは人見知りが激しく内向的な性格で友人、知人があまりいなかった。三千留さん、そう言ってたわよね？」

三千留は否定しない。

「そう言っておけば荒木さんの知人を呼ばなくていい言い訳になる。それに実際、荒木さんには友人があんまりいなかったんじゃないかしら」

「荒木智之が本物のストーカーだったら、そういうこともあるでしょうな」

「呼んだのは荒木さんの顔を知らない人だけ。パーティは内輪だけの小規模なものだから、それで通用したのよ。それに緒方基男さんのことを知ってる人も、三千留さんは慎重に外したんだわ」

「では東京で結婚式を挙げた荒木智之は、死んだと思われていた緒方基男さんだというんですね」

「そうなるわね。それを見抜けなかった警察にも落ち度はあるわよ」

静香の追及の手は警察に向かった。

「入れ替わった荒木、すなわち緒方基男に事情聴取をすれば見抜けたはず」

「面目ありません」

村上が律儀に頭を下げる。

「最初の事件は事故として片がつきましたし、二件目は熊本の、それも強盗殺人事件として、東京にいる荒木氏は容疑の中に入れていなかったんです」

「すぐ東京に飛ぼう。荒木、いや緒方基男に逮捕状だ」

「はい」

村上が顎を引いて答える。

「それにしても緒方基男さんは、これからの一生を、荒木智之として生きてゆくつもりだったという事ですか」

「そういう覚悟を決めたんじゃないかしら。三千留さんのために」

三千留が泣き崩れた。

*

〈アルキ女デス〉の三人は帰りの飛行機の中にいた。

「犯人が一度も登場しないまま逮捕されちゃうのね」

「何よ。登場しないって」

「あたしたちは荒木を殺した犯人である緒方基男に会ってないでしょ」

「それはそうね」

「こういうミステリってあったかしら」

「そういえば静香は意外と読書家なのよね」

「意外とは余計よ。それにしても死んだと思われていた緒方基男が生きていたなんて、みんなビックリしたでしょうね」

「そうよね」

「秀頼も生きていたかもしれないですね」

「東子」

「そういう事もありうると思うんです」

「そうかもしれないわね。死んだと思われていた緒方基男が生きていたんですものね。大坂城で死んだと思われていた秀頼だって……」

飛行機はグングンと高度を上げている。

「もし秀頼が熊本城で暮らしたとしたら、千姫のことをどう思っていたかしら」

千姫は熊本には行かずに姫路城や江戸城で暮らしている。

「きっと愛していたわ」

静香が言った。

「遠距離恋愛の走りよ」

静香は窓の外を見た。熊本城が見えたような気がした。

解説

佳多山大地《かたやまだいち》
（ミステリ評論家）

いったい誰が小学校の教室で「大阪城を造ったのは誰？」というクイズを最初に出したのだろう。「豊臣秀吉！」と勇んで答えてはいけない。まんまと引っかかった友達に出題者はニヤリと嗤《わら》い、こう応じる。「ブッブーッ！　残念。正解は大工さんでした」と。

大阪出身の解説子は件《くだん》の大阪城バージョンしか知らないが、あるいは全国で〝ご当地クイズ化〟しているのかもしれない。「熊本城を造ったのは誰？」「加藤清正！」「ブッブーッ！　残念。正解は大工さんでした」などと。

それはともかく大阪城バージョンの意地悪クイズについては、なかなかアカデミックに深化したものが中学生時分に流布したことがある。「大阪城を造ったのは誰？」「大工さんやろ」「いや、意地悪クイズと違う」「ほな、豊臣秀吉」「ブッブーッ！　残念。正解は徳川秀忠と家光でした」

戦国マニアとお城めぐりが趣味の向きには周知のとおり、太閤秀吉が建てたお城は大坂冬の陣（一六一四年）と夏の陣（翌一五年）で落城、灰燼《かいじん》に帰した。大阪城の再建に手をつけたのは徳川二代将軍の秀忠であり、彼は太閤さんのお城をぶっ壊した跡に土を盛り、わざわざ石垣も新たに組み直してさらに巨大な城郭建築をもくろむと、その仕事は三代将軍家光の治世に完成を見る。

――が、しかし。大阪城のまさしく〝顔〟と言うべき現在の天守閣は、太閤さんのお城を徹底的に蹂躙《じゅうりん》した徳川政権のものでもない。徳川家による大阪城再建から三十六年後の寛文五年（一六六五年）、落雷によって焼け落ちた大阪城の天守は江戸時代において二度と建て直されることはなかったからだ。

毎年のように解説子も花見の客として大阪城公園から仰ぎ見る天守閣は、昭和三年（一九二八年）に、当時の大阪市長である關一《せきはじめ》が発案し、市民の寄付金によって築かれた三代目（一九三一年完成）である。豊臣時代と徳川時代の折衷デザインである復興天守は、太平洋戦争時の大空襲もくぐり抜け、現在も上町台地の北端に雄々しく聳《そび》え立つ。だから「大阪城を造ったのは誰？」というクイズには、こう答えるべきなのだ。「いわゆる大大阪《だいおおさか》時代の市民と大工さん」だと。

文庫オリジナルの本書『大阪城殺人紀行』（二〇一五年）は、鯨統一郎《くじらとういちろう》の手になる〈歴女学者探偵の事件簿〉シリーズ第二弾にあたる。同じく文庫オリジナル刊行の『邪《や》馬台国《またいこく》殺人紀行』（一三年）から始まる同シリーズは、歴史上の有名な謎や伝説に大胆な推理を働かせる〈歴史ミステリ〉の要素と、まさしくその歴史的な舞台を現在訪ねて難事件に遭遇する〈トラベル・ミステリ〉の要素を絶妙にブレンドしたもの。タイトルから打ち出されているとおり、シリーズ第一弾は女王卑弥呼が治めた邪馬台国の所在地論争を、そして第二弾の本書は大阪城を含む戦国時代の名城にまつわる逸話伝承を〝通しテーマ〟にしつつ、それぞれ独立性の高い中編三本から一巻を成している。

当該シリーズの探偵役は、頭脳明晰にして見目麗《うるわ》しい独身の美女ぞろい。ライバル関係にある二人の歴史学者、早乙女静香《さおとめしずか》と翁《おきな》ひとみの両人に、静香の妹分を任じて童話《メルヘン》研究に勤しむ大学院生、桜川東子《さくらがわはるこ》が加わって全国各地の史跡を回るウォーキングの会を結成したところが、なぜか行く先々で思いがけず事件に巻き込まれ、毎回独自の調査に乗り出すことになるのだ。

年来の鯨ファンにはおなじみ、早乙女静香、翁ひとみ、桜川東子の三人は、先行する鯨作品のなかですでに探偵役として、あるいはワトスン役として重要なポジションを与えられてきた才媛である。それぞれの過去の活躍については前作『邪馬台国殺人紀行』

の巻末で末國善己《すえくによしみ》氏がきっちり解説しているので重複を避けるとして、鯨ワールドのなかでも屈指の美女三人が寄り集まったからにはもはや副産物《スピンオフ》というには豪華すぎる顔見世興行のようである。

作者の鯨統一郎は、年齢や経歴をいっさい公にしていない、いわゆる覆面作家である。一九九八年、第三回創元推理短編賞の最終候補作を含む連作集『邪馬台国はどこですか?』で飄々《ひょうひょう》と斯界に登場して以来、奇抜な発想とユーモアにあふれた歴史ミステリ・ジャンルに軸足を置いて旺盛な筆力を示し、「傑作」と呼ぶよりむしろ「怪作」として読者の記憶にとどまる作品を発表し続けてきた。昨年（二〇一四年）刊行の長編『冷たい太陽』は、あらためて鯨の技巧派ぶりを堪能《たんのう》することができる異色の誘拐物で、第十五回本格ミステリ大賞・小説部門にもノミネートされて注目を集めている。

――さて。肝腎《かんじん》の本書『大阪城殺人紀行』について詳しく見ていこう。「姫路城殺人紀行」「大阪城殺人紀行」「熊本城殺人紀行」の三編から成る今回の事件簿は、〈名城しばり〉であることはもとより〈千姫しばり〉になっているのである。千姫の知名度は戦国の世に数多《あまた》いる姫君のなかでもトップクラスと言っていいだろう。徳川家康の孫娘にして、わずか七歳で豊臣秀頼のもとに輿《こし》入れした彼女の波乱の生涯にゆかりのある城を、現代の歴女三人組は姦《かしま》しく訪ね歩くわけである。

皮切りの作「姫路城殺人紀行」の歴史ミステリとしてのテーマは、後世巷間《こうかん》をにぎわせた〝千姫淫乱伝説〟の真偽。二人目の夫である、本多忠刻の死後、御殿で夜な夜な男を誘い、荒淫の限りを尽くしたとされる千姫の淫乱伝説は果たして真実か？　姫路に乗り込んだ静香たちは、一度ならず二度までも教え子の変死体の第一発見者となった女性教師につきまとう〝淫乱〟の噂を打ち消すべく奔走する。二人の生徒の死をめぐる意外な真相が哀感を誘う逸品だ。

続く表題作「大阪城殺人紀行」の歴史的テーマは、豊臣時代の埋もれた大阪城のどこかに今なお眠っているかもしれない黄金の伝説。宝石店から金塊を盗み出す計画を立てていた美田《みた》秋子《あきこ》・英仁《ひでひと》母子が大阪城の梅林で冷たい骸《むくろ》となって発見される。秋子と内縁関係にあった男が口封じのため殺害したのか？　現代の二重殺人にかかわる人間模様と淀君・秀頼母子の最期とを重ね見ながらじっくり推理してほしい。

掉尾《ちょうび》を飾る「熊本城殺人紀行」では、大坂夏の陣で秀頼が密《ひそ》かに城外に脱出していた可能性がテーマに据えられている。旅行会社の元社長夫人が意外にも再婚相手に選んだのは、周囲から彼女のストーカーと見られていた人物だった。不可解な再婚話の裏で発生する殺人事件の被害者女性は、秀頼生存説を目の敵にする郷土史家からストーカーまがいの嫌《いや》がらせを受けていて……。複数のストーカーの影が奇《あや》しく折り重なり、悲劇は深まる。推理によって人間関係の縺《もつ》れが解きほぐされる一級品のパズラーだ。
それにしても、〈名城しばり〉の本書で見逃してはいけないのは、現代において発生する事件の真相に、バブル崩壊から世紀を跨《また》いで長びく不況が濃い影を落としている点である。いずれの事件でも、その背景、犯人の動機には〝苦しい台所事情〟が深くかかわっているのだ。

確かに現在では、お城は地域のシンボル的存在であり、近隣住民の憩いの場であると同時に観光の目玉としても期待される。だがしかし、そもそも〈お城〉とは立派なものであればあるほど、領民に多大な負担を強いて築かれるものであり——徳川家康の命を受けて池田輝政が造った姫路城など特にそうだった——、それはすなわち富の集中、固定化された経済格差のシンボルであった。戦国の世の領民の多くは、恨みを込めてか諦念にとらわれながら、お城を見上げたのだ。今回の〈名城しばり〉の事件簿は、じつに平成の世の切実《アクチュアル》な社会派テーマを必然的に呼び込んだと言えるだろう。

［主要参考書籍］
『城のつくり方図典』三浦正幸（小学館）
『城の楽しみ方完全ガイド』小和田哲男監修（池田書店）

＊その他の書籍、および新聞、インターネット上の記事など、多数参考にさせていただきました。執筆されたかたがたにお礼申しあげます。ありがとうございました。

＊この作品は架空の物語です。

［初出一覧］「月刊ジェイ・ノベル」

姫路城殺人紀行
　二〇一三年一二月号、二〇一四年一月号、二月号

大阪城殺人紀行
　二〇一四年五月号、六月号、七月号

熊本城殺人紀行
　二〇一五年一月号、二月号、三月号

実業之日本社文庫　最新刊

蒼井上鷹
動物《ペット》珈琲店《カフェ》ブレーメンの事件簿
珈琲店に集う犬や猫、そして人間たちが繰り広げるドタバタ事件の真相は？　答えは動物だけが知っている！　傑作ユーモアミステリー
あ43

赤川次郎
崖っぷちの花嫁
自殺志願の女性が現れ、遊園地は大混乱！　事件の裏にはお金の香りが——？　ロングラン花嫁シリーズ文庫最新刊！（解説・村上貴史）
あ19

梓 林太郎
長崎・有田殺人窯変　私立探偵・小仏太郎
刺青の女は最期に何を見た——？　警察幹部の愛人を狙う猟奇殺人事件を追え！　大人気旅情ミステリーシリーズ、文庫最新刊！
あ37

安達 瑶
悪徳《ブラック》探偵
『悪漢刑事』で人気の著者待望の新シリーズ！　消えたAV女優の行方は？　リベンジポルノの犯人は？　ブラック過ぎる探偵社の面々が真相に迫る！

あ81

井川香四郎
ふろしき同心　江戸人情裁き
嘘も方便——大ぼら吹きの同心が人情で事件を裁く！　表題作をはじめ、江戸を舞台に繰り広げられる人間模様を描く時代小説集。（解説・細谷正充）
い102

実業之日本社文庫　最新刊

門井慶喜
竹島

竹島問題の決定打となる和本が発見された!?　和本を握った男たちが、日韓外交機関を相手に大ばくちを打つサスペンス！（解説・末國善己）

か51

北上秋彦
現場痕《げんじょうこん》

交通事故に見せかけた殺人、保険金奪取を目論んだ偽装事故等、不審な事故の真相を元刑事の保険屋が炙り出す傑作ミステリー！（解説・香山二三郎）

き31

鯨統一郎
大阪城殺人紀行　歴女学者探偵の事件簿

豊臣の姫は聖母か、それとも――？　疑惑の千姫伝説に導かれ、歴女探偵三人組が事件を解決！　大注目トラベル歴史ミステリー。（解説・佳多山大地）

く13

西澤保彦
小説家　森奈津子の妖艶なる事件簿　両性具有迷宮

宇宙人の手により男性器を生やされた美人作家・奈津子。さらに周囲で女子大生連続殺人事件が起きて……。衝撃の長編ミステリ！（解説・森 奈津子）

に27

平谷美樹
蘭学探偵　岩永淳庵　幽霊と若侍

墓参りに訪れた女が見た父親の幽霊は果たして本物か!?　若き蘭学者が江戸の不思議現象を科学の力でご明察。痛快時代ミステリー

ひ52

実業之日本社文庫 く13

大阪《おおさか》城《じょう》殺《さつ》人《じん》紀《き》行《こう》　歴女学者探偵《れきじょがくしゃたんてい》の事件簿《じけんぼ》

2015年6月15日　初版第1刷発行

著　者　鯨《くじら》 統一郎《とういちろう》

発行者　増田義和
発行所　株式会社実業之日本社
〒104-8233　東京都中央区京橋 3-7-5 京橋スクエア
電話 [編集]03(3562)2051 [販売]03(3535)4441
ホームページ　http://www.j-n.co.jp/
印刷所　大日本印刷株式会社
製本所　大日本印刷株式会社

フォーマットデザイン　鈴木正道（Suzuki Design）

ISBN978-4-408-55236-1（文芸）